昭和43年(1968)10月18日ノーベル文学賞決定の翌日、川端邸にて

新潮文庫

川端康成・三島由紀夫
往復書簡

川端康成
三島由紀夫　著

新潮社版

6570

《目　次》

川端康成
三島由紀夫

往復書簡

はじめに

佐伯彰一

ふとした偶然から始まった、と言ってよい。三島由紀夫の遺《のこ》した未定稿、ノート類が、先ごろ山中湖村に一括譲渡される運びとなった折、その中に川端さん宛《あて》の書簡が、大量に含まれていることに気づき、コピーをのぞき始めたら、忽《たちま》ちつりこまれた。両者の最初の手紙の日付が、昭和二十年三月であるから、三島は二十歳、勿論《もちろん》文壇デビュー以前で、その初《う》い初《う》いしさ、熱っぽさに微笑《ほほえ》まされながら、手紙がそのまま若々しい自画像となり、壮大な野心と夢想、みずみずしいファンタジーと不安が生ま生ましく伝わってくるあたり、何とも言えない面白さだった。

勿論、川端・三島のほぼ生涯にわたる「師弟関係」そのものは、以前から知られていた。私自身にかかわることでは『日本を考える』と題した最初の長篇評論(一九六六)の中で、『山の音』を取り上げさせて頂いたので、いく分ためらいながらもお送りしてみた所、思いがけず長い墨書のご返事を頂戴《ちょうだい》した。つい嬉《うれ》しくなって、その直後三島さんと会った折、その話を口にしたら、ふだん愛想のいい彼が、俄《にわ》かに不機嫌な顔を見せて、こう言い放ったものだ。「この頃、川端さんは眠れないので、そうなると、やたらと長い手紙を書く癖があるんだよ」と。いや、仰《おお》せの通りで、私ごときに「長い手紙」など下さる筈《はず》のない川端さんには違いないのだが、この際の三島の語調に、いわば嫉妬《しっと》の下心が余りに見え見えだったのには、びっくりした。あるいは、その頃三島さんご自身の新著を贈呈したばかりで、たまたまその返事が遅れていたのかも知れないが、社交的なエチケットに人一倍気を使うお方の、この際の一瞬の激発ぶり――とはいわずとも、日頃に似げない取乱し方が、つよく印象的で、今でも三島さんのその際の不機嫌そうな表情まで、ありありと浮んでくるほどである。

いや、いい気な自慢話ではなく、三島さんにとって、川端康成が、いかに身近で、大切な存在であるかを改めて思い起して頂きたい。それにしても、三島さんが、これほど熱っぽく、ほとんど純真無垢《むく》に自身をさらけ出した手紙を、これ程たっぷりと、川端宛に書き送りつづけていた、とは！

じつは、『三島全集』の編集に加わった折、何とか「書簡編」をと考えない訳ではなかったが、瑤子《ようこ》未亡人は「それは無理」と言下におっしゃったし、その衝撃的な自決後程遠からぬ時期とあっては、「書簡」の公表など、到底不可能といさぎよくあきらめた。所が、今回思いがけない形での、こうした「めぐり合わせ」が生じてくれた。幸い川端、三島ご両家の諒解《りょうかい》も得られて、「公開」の運びに至ったことを心から喜びたい。

一体、作家同士の往復書簡集は、ヨーロッパ、アメリカでは、以前からその例が少くないが、わが国では、絶無とは言わないまでも、まだ稀少《きしょう》というに近い。今度の公開が、よき誘い水となってくれれば、とも思わずにいられない。

川端康成
三島由紀夫

往復書簡

昭和二十年三月八日付
鎌倉市二階堂三二五より東京都渋谷区大山町十五平岡公威《きみたけ》様方あて

今日野田君より御高著花ざかりの森難有《ありがたく》拝受致しました。文芸文化で一部拝見して御作風にかねて興味を寄せて居りましたのでまとめての拝読を楽しみに致します。義尚《よしひさ》ハ私も書いてみたく少し調べても居ります事とて先日中河君あてに手紙出したい程でした。

花ざかりの森ハ今日北鎌倉の某家で島木君より受け取りましたが、疎開《そかい》荷造中の物を見に行きましたところで、宗達《そうたつ》、光琳《こうりん》、乾山《けんざん》、また高野切石山切、それから天平推古にまでさかのぼり、あるのが嘘《うそ》のやうな物沢山見せてもらつて、近頃の空模様すつかり忘れました。紅梅も咲いて居りました。

とりあへず右御礼まで。

三月八日　　　　川端康成

三島由紀夫様

昭和二十年三月十六日付

東京渋谷大山一五平岡梓《あずさ》内より鎌倉市二階堂三二五あて（はがき）

先日は野田氏を通じ突然拙著を差上げました無躾《ぶしつけ》をお咎《とが》めなきのみか、御丁寧な御手紙たまはり、厚く御礼中上げます。

都もやがて修羅の衢《ちまた》、沍返《こおりかえ》る寒さに都の梅は咲くかと思へばしぼみながら、春の魁《さきがけ》らしい新鮮さを失つてゆきます。当分の閑暇をたよりに、頼政と菖蒲前《あやめのまえ》＊の艶話《つやばなし》を書いてみたいと思つてをりますが、如何《いかが》なりますか。――きのふ青山の古本屋で「雪国」をみつけもとめてまゐりました。何卒《なにとぞ》御身御大切に。御礼まで。

三月十六日　　　　平岡公威

川端康成様

＊「菖蒲前」（《現代》昭和20年10月号）

昭和二十年七月十八日付

東京都渋谷区大山町一五平岡公威より鎌倉市二階堂三二五あて

永らく御無沙汰《ごぶさた》申上げました。その後も御健勝のおん事とお慶《よろこ》び申上げます。扨《さ》て私、五月五日より勤労動員に出動を命ぜられ、只今《ただいま》、「神奈川県、高座郡、大和局気付高座廠《しょう》、第五工員寄宿舎、東大法学部《ほうがくぶ》、第一中隊」方に起居してをります。偶〻《たまたま》帰京いたしました折柄、俄《にわ》かに御便り差上げたくこれを綴《つづ》りをります。

こちらで携はつてゐる仕事は、大学相手の寮内の図書室掛りで、[*1]物を書く暇にも存分に恵まれ、感謝しつゝその日を送つてをります。その傍ら寮内の回覧雑誌の編輯《へんしゅう》に従事したりして、仕事は好きな仕事ばかりで、今の生活を幸福なものに思つてをります。部屋には佐藤先生の「きぬぎぬ」の短冊《たんざく》をかけ、書棚には、近松、南北、鏡花、八雲や、タゴール・ネルヴアル等を並べ、夏薊《なつあざみ》を花瓶にさして、——しかし窓からは汚ないカムフラージュを塗つた寮の建築や、呆《ほう》けた大煙突や、白い雲を眺めながら、来ぬ夏を待ち兼ねてゐる日々が過ぎます。いつまで経《た》つても涼しすぎる今年の気候は、暑熱と闘つて仕事をすることの好きな私の、折角逸《はや》り出した気分にブレーキをかけて了《しま》ひさうで心配でございます。

戦争が一途に烈《はげ》しくなつて、文学の仕事机は急速に窄《せば》められてまゐりました。紙一帖《じょう》わづかに置く余裕があるばかりです。ペンを動かすにも、肱《ひじ》がつかへ、思ふままに動きません。このやうな時に死物狂ひに仕事をすることが、果して文学の神意に叶《かな》ふものか、それはわかりません。たゞ何かに叶つてゐる、といふ必死の意識があるばかりです。正直このやうな死物狂ひの仕事からは偉大な国民文学の萌芽《ほうが》など、生れる筈《はず》はございません。新らしい言葉も、新らしいスタイルも、新らしい文学全般も、生れ出るわけがございません。文学の本当の意味の新らしさといふことも考へる折が多いのですが、それはたゞ端的に時代意識が灼《や》きついてゐるといふ意味だけでなく、現在といふもののめくるめくやうな無意味な瞬間を、痴呆に似たのどけさで歌つたものといふ意味も持つてしかるべきでせうし、言葉、文章、様式等のすべてに於《おい》て今までの概念の古さも新らしさも超越した新らしさ（即《すなわ》ち、嘗《かつ》てあつた、と嘗てなかつた、といふことを新旧弁別の唯《ゆい》一《いつ》の基準とする態度をこえて）も考へられるのではないかと存じます。さういふ文学は過去のいはゆる文学的価値がなくとも、全□〈一字不明〉文学史的価値だけで生き永らへるかもしれません。私自身さういふ怖《おそ》ろしいつきつめた状態が何を意味するものかわからないで、もう神の手に操られる人形の気楽さで動いてゐるとしか云《い》ひやうがないのですが、その中でもごく月並な、ごくありきたりな冀望《きぼう》、即ち、誰も書かなくなつた世にも美しい短篇、その辺にほ《ママ》ふり出しておけば、だれでも「まアきれい」と取上げるであらうやうな短篇、さういふものをぜひ一つ書いておきたいと考へる宿痾《しゆくあ》のやうなのがれがたい欲望をもちます。この馬鹿《ばか》げた欲望は一体何でせうか。甘いものが何もないので紫蘇糖《しそとう》を発明するやうな悲しい一寸のがれでせうか。これを迄《まで》、「何かに叶つてゐる」といふ狂信的な我儘《わがまま》な意識で支へてゆくことが、一体何かに叶ふのでせうか。文学に於て今日ほど「莫《ばく》妄想」が要求されつゝ、「莫妄想」それ自身が妄想される危険の多い日はございません。

　僕は文学とは少くともこんな狂熱的な信仰と懐疑の生活、マルチン・ルッテルのやうな生活ではないと思つてゐました。日常生活を喪《うしな》ふことが致命的だと考へてまゐりました。第一義を考へるために、ゆつくりと第二義を生活してゆくのが文学の形成だと思つてゐました。しかし一体今の私に「生活」などと大きな顔をして云ふ資格があるでせうか。

　私共はあの古代の壮麗な大爬虫類《はちゆうるい》が、峻厳《しゆんげん》な自然陶汰《ママ》の手で忽《たちま》ち絶滅に頻《ママ》した時代を思ひ浮べます。しかしもし彼等の多くがその危機を脱し、どこかで繁殖しつゞけてゐたとしたらどうでせう。恐らく私は、彼等の習性の内に、「絶滅に瀕《ひん》したもの」の身振が執拗《しつよう》に残つてゆくだらうと思ひます。絶滅といふ生活でないものを生活した報ゐ《ママ》が、彼等を次第に畸型《きけい》にします。彼等は人の手を借りずして滅びるでせう。文学にも亦《また》、生活し、体験しては行けない限界、文学的体験(リルケの考へたやうな)の範疇《はんちゅう》から逸脱したものゝ存在が認められるのではないでせうか。文学的な宿命観を、文学の埒外《らちがい》で行はねばならぬやうな悲痛な二者択一が要求せられる刹那《せつな》が来るのではないでせうか。

さういふ刹那のための、ひそかな準備として、「美しい古風な短篇」も一つの許さるべき欲望であると考へることがあります。花々の矜《ほこ》りは咲いてゆくといふことよりも、咲いて来たといふことよりも、今「咲いてゐる」といふ一点に漂うてゐるのかもしれません。から考へることはいくらか私共を慰めてくれます。なぜなら体験の外に、準備といふ生き方が考へられ、更に現存といふ生き方が考へられるのですから。そして悲痛な一刹那は来ずしてすぎてゆくかもしれないのですから。ある意味で私は楽天主義になりました。模倣も敢《あえ》ておそれません。「時」さへも!

お見せしたらはづかしいやうな小説も詩も書いてをります。呆けて、それによつて少し健康にされ乍《なが》ら。

○

いつか野田宇太郎氏に「中世」*2の原稿をお預けし、川端様にお目にかけられる折があつたらお願ひする、と頼んでおきました。もしかしたらお目にとまつたかとも思ひます。あれは何かに憑《つ》かれて書いたもので、末社信仰の御神託のやうな卑俗味が横溢《おういつ》してゐるかもしれません。たゞあれは御目にかけたい近作の唯一のものでございました。

○

自分のことばかり縷々《るる》とのべたて、さぞ御迷惑であつたかと恐縮いたしてをります。非礼は何卒お恕《ゆる》し下さいませ。

たゞ何か申上げたくなり、きいていたゞきたくなり、うは言のやうなことのみ申しました。果して思つた通りを申上げたか危ぶみます。

○

鎌倉もだん〳〵空襲の危険があるやにきいてをります。

何卒、御自愛御専一のことお祈り申上げます。

右私ごとのみ申上げました。何卒不悪《あしからず》。

草々。

七月十八日

平岡公威

川端康成様

＊1　昭和20年7月、「岬にての物語」を起稿。
＊2　昭和19年11月頃、河出書房に野田宇太郎を訪ね、「中世」の原稿を預ける。中河与一主宰の《文芸世紀》(昭和20年2月号)に「中世」第一部を発表。

昭和二十一年一月十四日付
東京都渋谷区大山町十五平岡方三島由紀夫より鎌倉市二階堂三二五あて

明けましておめでたうございます。

益〻《ますます》御健勝の趣、お慶び申上げます。

扨《さ》て突然無躾なお便りを差上げますが、此《こ》の度《たび》大学が、二月十日迄といふ思ひの外永い冬休みで、この休みには是非お目にかゝりお話を伺ひたいものと、たのしみにしてをりましたが、御都合をうかがひたく存じ乍らそのたよりがなく、文芸の野田氏からお願ひしようかと思ひましたが氏と逢《あ》ふ折がなく、已《ママ》むをえませず、甚だ御迷惑と存じながら、書面でおうかゞひすることに致しました。何卒不悪お恕《ゆる》し下さいませ。

もしお目にかゝれます折は、アッシユさんといふ日本語の達者な進駐軍士官のことなどお話したいと思ひます。この人が川端さんの大の愛読者で、「浅草紅団」は一番面白かつた、と言つてゐますが、この人などは教養といひ人柄といひ進駐軍でも出色なのではないかと存じます。

中河さんも甲州へ引きこもられ、文芸世紀は一応解散になりますが、中河さんは却《かえ》つてこれから良い作品を書かれるのではないかと存じます。文芸世紀には変な人間がゐて、さういふ人たちがあの冊子を益〻変な方へもつて行つた傾きがございました。

近頃よむ本がないので閉口してをりますが、小泉八雲などはどんな時代になつても面白うございます。先頃はまたモオランの「夜ひらく」をよみかへしてみて、「一言にして云ふならバ、それは人々が期待してゐた深味のある宗教的な平和の克復とは全く似もつかぬものだつたので、かへつてこの新らしい世態が、われ等にとつては戦争の間我々が経過して来た死よりも、もつと危険であり、もつと美くしくあるやうに見えるのであつた。」といふ文章にぶつかつて、よく飽きもせずに世界は同じことをくりかへすものだと感心いたしました。今は文学の不滅性不変性恒常性と、文学の新しさ古さとが、一しよくたに問題にされてゐるやうですが矢張はつきり分けて考へないと、誤解を招くやうに思はれます。

では、御迷惑ながら、同封の葉書に御都合およろしき日時のみ御記入下さいまして、お序《つい》での節御投函《ごとうかん》下さいませば幸甚《こうじん》に存じます。

何卒御身御大切にあそばしますやう。右御願ひ迄。

匆々《そうそう》

一月十四日　三島由紀夫

川端康成様

二伸、なほ御宅は鶴岡八幡宮の前を左へゆきまして坂を下りたところでございませうか。

昭和二十一年二月十九日付
東京都渋谷大山町一五平岡方三島由紀夫より鎌倉市二階堂三二五あて

先日は失礼を申上げました。

さて月曜に白木屋へ木村さんをお訪ねしてみましたが、何でも京都に御不幸があつたとかで、当分おかへりにならないといふ話でございました。＊白木屋の鎌倉文庫ははじめて行つてみましたが、大へん賑《にぎ》やかで、昔のデパートの書籍部よりも大がかりでございますね。

来週月曜（廿五日）は事務所へお出《い》でになりますか。その節、「岬にての物語」と「盗賊」第一章との拙稿を持参いたしまして、おたづね申上げたいと存じます。もしその時お出でなく、木村さんもまだ帰つてをられませんでしたら、どなたにお渡ししてまゐればよろしうございませうか。

「人間」二月号ありがたうございました。荷風の春水評伝、先日求めました梅ごよみを参照しつゝ興味深く心読いたしました。

ではお寒さの折柄、御身御大切に遊ばしますやう。

匆々

二月十九日

平岡公威

川端康成様

＊川端が久米正雄、小林秀雄、高見順らとともに設立した鎌倉文庫の事務所が、日本橋白木屋の二階にあった。

昭和二十一年三月三日付

東京都渋谷区大山町一五平岡公威より鎌倉市二階堂三二五あて

先日は失礼いたしました、馴《な》れない事務所の空気にぼうつとして了《しま》ひ、何を申上げたやら覚えてをりません、無躾《ぶしつけ》なことを申上げてをりましたら何卒不悪《あしからず》お恕し下さいませ。

いつか一度用事のお便りでなく、ゆつくり私事をきいていたゞきたく思ひ、しかも口に出すと益〻下手にしか申せませんので、お手紙を差上げることに致しました。シルレルへの手紙の中でヘルデルリーンが言つてをります、「わたしはいつもあなたにお会ひしたい気持にとらはれてゐました。しかしあなたにお会ひすればいつもわたしは、あなたに引比べて自分の身のはかなさを感じてくるばかりでございました」又別の箇処で、「わたしがあなたの傍にゐた間は、わたしの心は全く小さくなつてゐました。さてあなたの傍を離れてみますと、わたしは自分の心の乱れをどうすることも出来なくなりました」――私にもこのヘルデルリーンの「乱れ心」の兆候がはつきりと現れてをります。

いつかの「人間」二月号で桑原武夫氏*1の評論をよんで甚だ不本意でした。殊《こと》に「芸術が摸倣から生れる」といふ浅薄な結論は正気の沙汰《さた》とも思へませんでした。芸術はやはり体験から生れるものではありますまいか、それは日常的生活体験より一段高次の体験であり、醸造作用を経て象徴化せられた体験です。いはゆる生《ナマ》の体験が「時」（精神的時間）の醸造作用によつて象徴に変化します。醸造（陶汰《ママ》と選択と化学変化）は全く無意志的に本能的に行はれます。即《すなわ》ち芸術上の体験とは先験的なものによつて淘汰《とうた》せられた特殊体験です。従つて芸術の形成に当つては、第一段階の特殊体験（一種の緩慢な霊感）に却《かえ》つて超歴史的契機が潜在し、第二段階の無意志的醸造作用に、歴史的契機が伏在します。模倣なるかにみえるものは、この歴史的契機の過剰に他なりません。即ち作家は模倣を避けつゝ本質的模倣を容認するでせう。芸術的体験に於《おい》て経験的なものと先験的なものとの区別がつきがたいやうに、このやうな本質的な必然性をもつた模倣は創造（創作）と区別することができません。桑原氏の議論はこの点から言つても極めて皮相なものだと存じます。氏は型式的模倣を不当に重視して、内面的歴史的本質的模倣に言及してゐないからです。本質的模倣は避けがたい「共感」の産物ですが、この「共感」に既に、模倣をこえた要素が在る筈《はず》です。それは一種の芸術上のメカニズムであり偶然性の理論の問題になるのです。桑原氏は何らそれに触れてゐません。

「人間」二月号では[*2]里見氏の小説の末段が随分くすぐつたうございました。学習院の先輩によくある型です。「急にぐつとこみあげた。もう娘たちの上でハない、祖国の運命が悲しかつた……」――「展望」の二月号では宇野氏*3が戦争中と戦後の家庭内の事件を楽々と書いてをられました。かういふお国の大変が、こんな風に手際《てぎわ》よく鮮やかにとりいれられてケロリとしてゐる「小説」といふ化物が急に怖くなりました。これでよいものでせうか。これを小説の抱擁《ママ》力と云《い》つて安心してゐられるのでせうか。小説といふ貪《どん》婪《らん》な化物を作者は放し飼にしておいてよいのでせうか。――宇野氏の作に出てくる事細かな「事実」の安易さと比べて、私は今更ながらワイルドが「架空の頽廃《たいはい》」で云つてゐるやうな「人工」の激烈さを恋しく思ひました。

お教へ下さつた「日本文学者」の高山といふ人の拙作の批評、――何はあれ久し振りの批評らしいものに会つて興味を以《もつ》てよみました。しかし言つてゐることは怖ろしく下らない頭のわるいものでした。もう一寸《ちよつと》ちやんとした方の批評をきゝたいと思ひました。例へば河上徹太郎氏や谷川徹三氏の。（尤《もつと》も「菖蒲前《あやめのまえ》」は見るのもイヤな下卑た小説でございますが）

戦争中、私の洗礼《バプテイスマ》であつた文芸文化一派の所謂《いわゆる》「国学」から、どんなにじたばたして逃げ出したか、今も私はありありと思ひ返すことができます。文芸文化終刊号にのせた奇矯な小説「夜の車」*4は国学への訣別《けつべつ》の書でしたが、それを書いたときは胸のつかへが下りたやうでございました。私は国学をロマンテイシズムの運動として了解してゐましたし、それにある種の薄命さがつきまとふのを好いてもをりました。しかし次第に彼らがリアリズムを排斥しつゝ、ます〱自ら貧しくなつてゆくのを悲しく思ひました。かうした国学の危機に当つて、私はメカニズムの問題を提示しようとしてゐました。それは一種の人工主義の頽唐派芸術と密接に関聯《かんれん》するものなのですが、彼らはそれを敢《あえ》て理解しようとしませんでした。ロマンテイシズムとメカニズムとの結婚によつて、はじめて万般の時代にレアリズムに対抗しうるといふことが理解されませんでした。ロマンテイシズムは一種の滅亡的衝動の定型化です。もと〱作品としての完璧《かんぺき》さが期待できないものです。リアリズムの文学は書くことによつて事実が文学になるのだが、ロマンテイシズムの文学は書かれる前に既に文学が存在するものゝやうです。これがためにロマン派の文学は「表現の絶望」を第一歩としてゐます。しかし内面的な衝動が、自己目的的に収斂《しゅうれん》されてまゐり、芸術至上をモツトオとして来ますと、今度は別箇の造型的意欲に圧倒されて、型式主義に陥り、いつか本来の内面的衝動は霧散して人工的な無内容の文学となります。テオフイル・ゴオテイエの文学がやゝこれに近いでせう。私はこの何《いず》れにもくみするものではございません。人工といふ言葉もゴーテイエのやうな意味で言ふのではございません。私は矢張「表現の絶望」から出発したいと思ふのです。しかし浪曼派《ろうまんは》的饒舌《じょうぜつ》と浪曼派的恣意《しい》からそれを救ふために、極端なメカニズムを導入（それは殆《ほと》んど残酷な効果です）しようと考へました。浪曼主義は表現の涸渇《ママ》から必然的に耽溺《たんでき》的な古典主義に赴く危険があります。これを防ぐためには酷薄なメカニズムによる暴力的な刺戟《しげき》が必要です。即ち内面的衝動をリアルに客観的に作品の上に具体化するのではなく、一旦《いったん》無機質なものに還元してメカニックに構成し排列しようとします。内面的衝動を一瞬一瞬の形態に凝結せしめて、時間と空間の制約の外で、人工的に再構成しようとするのです。この再構成の方法論に於てリアリズムに対して比類ない強みをもつことができます。それはむしろ表現とはよべないものだからです。人工とは人間の一番純粋な偽りのない意欲ではないでせうか。単なる事実の再現といふ意欲より、もつと強い人間性に根ざしたものではないでせうか。ロマンチック・メカニズムは、リアリズムよりもつとリアルではないでせうか。それはメカニックな方法論の上で、人工的に、ロマンチックな内面的衝動を何度となく再生産し回収し再燃せしめてゆくのです。それは恒《つね》に創造の最初の段階へ、最初の深淵《しんえん》へ、と作者をつきおとしてゆくのです。――しかし右のやうな文学論はまだ私に熟してをりません。

「盗賊」第二章、お目にかゝつてから得た不思議な励みと活力とで書いてをります。これが完成したら「慇懃《いんぎん》」といふ難解な短篇を書きませう。これは「慇懃を通ずる」といふあの慇懃です。

最初にお目にかゝつた時、私は深夜コトリとも音のせぬ処《ところ》でなくては仕事が出来ないが、さりとて人里はなれた処では却つて出来ない、と申上げましたが、あれが本音であつたことが今しみ〴〵わかります。創作にとりかゝると不安でならなくなり、自分が空つぽで拠《よ》り所《どころ》がなくなるやうな気がします。ニイチエのいはゆる「与へる太陽の寂しさ」でせうか。享《う》けるといふ幸福が大へん遠いもののやうな気がするのです。孤独をさへほんの一瞬間しか愛してゐることができません。不安な寂しさで居てもたつてもゐられません。友人を待ちます。友人は来ません。自分の腕が誰かを抱くやうに出来てゐるのを、心底から呪《のろ》はしく感じます。私は手を失《な》くしたいと思ひます。触手を喪《うしな》ひたいと思ひます。かういふ状態でお目にかゝるのは到底耐へられないことです。貴下は一息で私の焔《ほのお》を吹き消しておしまひになるでせう。

では妄言おゆるし下さい。何卒《なにとぞ》御身御大切に。

匆々

三月三日　平岡公威

川端康成様

＊1　桑原武夫「日本現代小説の弱点」（《人間》2月号）

＊2 里見《さとみ》弴《とん》「姥捨《うばすて》」（《人間》2月号）
＊3 宇野浩二「浮沈」（《展望》2月号）
＊4 昭和19年8月《文芸文化》発表。後に「中世に於ける一殺人常習者の遺《のこ》せる哲学的日記の抜萃《ばっすい》」と改題。

昭和二十一年四月十五日付
東京都渋谷区大山町一五平岡公威より鎌倉市二階堂三二五あて

前略、お忙しい処を度々お邪魔申上げ申訳ございません。扨《さ》て本日は御著「雪国」頂《ちょう》戴《だい》いたし洵《まこと》に有難うございました。「抒情歌《じょじょうか》」は、四、五年前鵠沼《くげぬま》の叔母の家で夢中で読んだきりでございましたので、今度も第一に再読させていたゞき、その次にはじめて拝見する「虹《にじ》」を息もつがせず読ませていたゞきました。ゆつくりお話を伺へなかつたのが残念でございましたが、これを読ませていたゞいて、諄《ママ》々とお教へとおさとしをうかゞつたやうな気がしました。力強く励ましていたゞいたやうな気がしました。「抒情歌」を拝読してゐてふしぎな暗合を感じました。けふお目にかけました「中世」も（抒情歌に比べれば主題は単なる神憑《かみがか》りの低い醜いものでございますが）心霊についての物語でございました。それのみか、「魂といふ言葉は天地万物を流れる力の一つの形容詞に過ぎないのではありますまいか」といふ美しい箴言《しんげん》を見て思はず私ははつといたしました。けふ家を出ます前に「盗賊」の第三章で私はこんな拙文をくだと書いてゐた所でございました。「魂は全存在と全非存在との上位概念ではあるまいか。（中略）しかしこの包摂者は単なる形態でもなく単なる抽象概念でもない。無へ無限に接近した有であり、有を逐《お》ひつめた刹那《せつな》の無である。従つて包むといふ作用をもつ形相（魂）は永遠に変幻《へんげん》流《る》転《てん》して定まるところを知らない」と。そしてこの冗々しいわけのわからぬ思考に、「抒情歌」の一句は、忽《たちま》ち天窓をひらいて爽《さわ》やかな青空をみせてくれたのでございました。抒情歌のやうな真昼の幻想は我国では稀有《けう》のことと存じます。谷崎氏の「陰翳《いんえい》礼讃《らいさん》」に俟《ま》つ迄《まで》もなく、アジアの巨大な夜の裾野《すその》が日本であつて、丁度アイルランドの作家がtwilightを重んじたやうに、この朧《おぼ》ろげな柔らかい、しかも黒柱石のやうな硬度のない、軽い、汀《みぎわ》のやうな夜のなかでさま〴〵な幻想綺《き》談《だん》が語られたのでございました。神代が果てるや神々は夜のなかへ身を隠しました。二度と真昼の太陽の下で神々は乱舞しませんでした。中世のお伽草子《とぎそうし》など読みまして、その世界が凡《すべ》て手函《てばこ》のなかの夜のやうで、思はず息苦しくなることがございます。日本人はこれほど美しい自然と陽光に恵まれ乍《なが》ら、ハアンのあの「東洋のギリシヤ人」といふ讃詞にも背いて、夜の方へ夜の方へと顔を向けてまゐりました。紅葉にも鏡花にも、近世の「夜」が沈澱《ちんでん》してをります。あれほどハイカラにみえる佐藤春夫氏にさへ、夜のかすかな名残が払ひ切れずにをります。日本人に深く根ざす美学に於て、「夜」は殆んど本質的なものがございました。しかし「抒情歌」ははじめて日本の自然の美と愛を契機として、白昼の幻想、いひかへれば真の「東洋のギリシヤ」を打建て、目覚めさせてくれたやうに思はれます。その高さ、けがれのなさ、琴にふと触れた時のあの天界の音のやうな気高い妙音――しかもそれら凡てが抽象化されたり徒《いたず》らに壮大なものになつたりせず、微風のやうな悲しみに包まれて、いはゞ肉体の翳《かげ》にひつそりと息づいてゐるのです。霊と肉との一致をしみじみと覚えさせる御作です。そして人がよぶ「川端氏の感覚」「川端氏の詩」といふ評語を私はいつもひそかに苦笑を洩《も》らして聞きます。単なる詩と感覚なら堀辰雄氏にもそれがあります。しかし貴下（かういふ粗雑な二人称をお恕《ゆる》し下さい）を、堀辰雄氏より遥《はる》かに高いところに我々が仰いでをります所以《ゆえん》のものは、肉体と感覚と精神と本能と、すべて霊的なるもの肉体的なるものとが、青空とそこを染める雲のやうに、微妙な黙契をみせてゐるからです。その触媒としては日本人のあのさゝやくやうな「悲しみ」の秘密がありませう。しかしそれにしても単なる「身についた詩」「身についた感覚」などといふ言葉では言ひ現はせない、「身」の悲しみ「身」の美しさ、その中に宿る神の肉体に触れえた人の、類《たぐ》ひない文学だと信じてをります。

「雪国」については、（この作品何度拝読いたしましたことか！）あまりに大きく高く、小さい私には牧童がいつかあの山へも登れるかと夢想する彼方《かなた》の青いアルプの高峯《こうほう》のやうに仰がれるのみでございます。

感動のあまり、無躾《ぶしつけ》な妄言を申し並べました。どうぞお聞き流し下さいますやうに。

では御身御大切に遊ばしませ。

匆々《そうそう》

四月十五日

平岡公威

川端康成様

昭和二十一年五月三日付

東京都渋谷区大山町一五平岡公威より鎌倉市二階堂三二五あて

御手紙ありがたく拝見いたしました。偶ゝ《たまたま》のまれましてかねて腹案の「抒情歌に関する*エッセイ」を書きましたのでお送り申上げます。生意気な儀と思召《おぼしめ》しませうが、あの御作をかやうな文章を未熟の身で書きますこと、何卒《なにとぞ》御寛恕《ごかんじょ》の程願ひ上げます。御暇の折また御邪魔に上りたく存じますが、十二日頃は御閑《おひま》でいらつしやいませうか。愛する余り已《や》むに已《や》まれず書きましたものにて、

では気候不順の折柄御身御大切に、

匆々

五月三日

平岡公威

川端康成様

*「川端氏の『抒情歌』について」（昭和21年4月29日「民生新聞」）

昭和二十一年五月十二日付
東京渋谷大山一五平岡梓内公威より鎌倉市二階堂三二五あて

本日は早くから御邪魔申上げ、いろ〳〵御懇切な御言葉を賜はりました上、御馳走《ごちそう》にまで相成、厚く御礼申上げます。

拙《つた》ないものを、御多忙中に拘《かか》はりませず、次々とお目にかけます無礼、何卒お恕《ゆる》し下さいませ。

「中世」「盗賊」についての御批評御指導、洵《まこと》に有難く、「下手なやうだがどうも自分の目でみるとよくわからない、」と思つてゐました処《ところ》など、御蔭《おかげ》にてさつぱり不出来とわかり、稿を改めますのに確乎《かっこ》とした目印がついてまゐりました。盗賊第二章は皈宅《きたく》して読み返しますと、殊《こと》に後半の粗雑、甘さはよむに耐へず、第一章にをさをさ劣らめ《ママ》不出来にて、完成の上はこれも悉皆《すっかり》書き改める所存でございます。

又、義尚《よしひさ》についていろ〳〵御教導賜はり、御蔵書をお貸し下さいますこと、この上ない倖《しあわ》せと存じます、拝借いたしました目録で拝見いたしましても、「中世」序章にハ、時代の唯一《ゆいいつ》の希望であつた義尚の死の前後を少し詳しく書き足したいと存じますので、矢張、「将軍義尚公薨逝記《こうせいき》」をお貸しいたゞければ幸甚《こうじん》に存じます。

ではお言葉に甘え、二十六日の日曜に又、お邪魔させていたゞきます。御奥様にも何卒宜《よろ》しくお伝へ下さいませ。

気候不順の折柄、何卒御身御大切に遊ばしますやう。

匆々

平岡公威

五月十二日

川端康成様

昭和二十一年六月五日付
東京渋谷大山一五平岡梓内公威より鎌倉市二階堂三二五あて

前略　先日は美しい御本*をどうもありがたうございました。集中「むすめごころ」「童謡」「金塊」「正月三ケ日」は未読でございましたのでこの四つから、息もつがずに拝読いたしました。そしてそれ〴〵味はひのことなつた目もあやな四つの短篇の印象が、何かたのしい寂しい怖《おそ》ろしいやさしい不思議な感じになつて夢の中へ入つて来ました。「むすめごころ」の軽《かろ》やかな、そして一面ふしぎに端整な感じ、「童謡」の百一七頁《ページ》の嵐のあとの光景、さびしい鈴の音、「金塊」の黄金夢の、西洋中世のギラ〳〵する探奇《たんき》譚《たん》と対蹠《たいしょ》的な、はかない、無常な黄金のかゞやき、「正月三ケ日」の沙翁《さおう》晩年のファースを思はせる喜劇のつきぬけた空つぽな感じ、どれもが、脱《のが》れがたいものとして私をつかまへました。

中にも童謡百一七頁の御文章は比類ない名文と存じ、おこ《ママ》がましいことでございますが、何度もそこばかりくりかへして拝読しては吐息をつきました。時間がぱたつと止つたやうな、凝滞した、澄み切つた一瞬の雨後の情景、その後の一面の蘆《あし》の鳴り、「情欲的」といふ言葉がこれほど印象的に鏤《ちりば》められた例を見たことがございません。

「むすめごころ」もああいふ題材が、少しのいやらしさも伴はずに、清冽《せいれつ》にさらさらと運ばれて行きますのを、不思議な気持で眺めました。抒情歌とよく似た感動を覚えましたのも、かういふ心情の奇蹟《きせき》が、夢のなかで起る超自然な事件のやうにありありと素直にあらたかに行はれるからであり、鏡花のやうな「信仰」で書かれた文学だからだと存じますが、その信仰のなかに主人公の少女が甘く溺《おぼ》れて、作者が大声でよびかけても容易に気づかないやうな恍惚《こうこつ》感に涵《ひた》つてゐる点で、作品としての完璧《かんぺき》が保障されてゐるのを感じました。かういふ信仰を作家が読者に語る努力はいかにいたましい苦しい、時にはいかにとげとげしたものでございませう。そしてそのために声を涸《か》らして、「作品」を置きざりにして了《しま》つた作家がどんなに沢山ありましたらう。しかもそんな努力が美事に昇華されて、「抒情歌」や「むすめごころ」のやうな作者の指紋も残さないふくよかな作品に形をかへてゐる、――作家としての幸福これにまさるものがございませうか。同時に、その「場面」が完成すると同時に、永久にその場面へ招待される由《よし》もない作家の「生活」はどんなに寂しいものでございませうか。その孤独の寂しさを卑怯《ひきよう》に避ける多くの作家たちは、作品の「場面」へいつまでも招待されたがつて、小さな椅子《いす》でも自分のための一隅を確保しておかうといふ哀れな試みを捨てません。私も亦《また》さういふ妄想の擒《とりこ》の一人ではないかと怖ろしく思はれました。――（「むすめごころ」は何故かゲエテの「親和力」を私に思ひ出させました、共に愛

の奇蹟の物語）

先日お目にかゝつた明る日、葛飾書房《かつしか》が、業務の破産的状態を理由に、「贋《にせ》ドン・ファン記」出版不可能の旨《むね》伝へてまゐりましたので、早速その主人に赤坂書店へ行つてもらひました。そして今日、赤坂で承諾した由、葛飾書房主人より伝へてまゐりました。先《ま》づ赤坂から出ることになつたわけにて、これからは早く進行することゝ存じます。四ヶ月をたうとうチヤランポランを言はれ通しで空費してしまひました。

群書類従もうしばらく拝借させていたゞきます。

では気候不順の折柄、何卒御身御大切に遊ばしますやう、右御礼旁《かたがた》ゝ御報告迄　匆々

六月五日　三島由紀夫

川端康成様

＊短篇集『夕映少女』昭和21年4月、丹頂書房刊。

昭和二十一年六月十五日付
東京都渋谷区大山町一五平岡公威より鎌倉市二階堂三二五あて

お暑くなりましたが、お変りもいらせられぬことと存じます。私もこの十五日で休暇になりゆつくり仕事が出来るやうになりますのを喜んでをります。

いろ〳〵資料をお貸し下さりお励まし下さつたお蔭で、「中世」改稿一通り出来上りました。義尚薨逝《こうせい》の部分はやゝ意に満ちたものとなりましたが、支那《しな》人の件は改訂しても矢張不満で、更に折にふれて手を入れ、一ト月程手許《てもと》におきました上で、お届け申上げようと存じます。此度《このたび》の夏はずつと鎌倉のお宅に御在宅でいらつしやいますか。

題材が題材でございますので、義尚の人物は概念的にしかゑがけませず、小舎人菊阿弥《こどねりきくあみ》の哀嘆が中心にならざるを得ませぬので、資料の内より役立てましたのは、諸社へ神馬を奉《たてまつ》る事。薨逝の前夜より雷雨の甚しかりし事。遺骸《いがい》出発前の怪火。あはづの湖畔に御輿《みこし》を下ろす事。寺の外部的事件に止《とど》まりました。第一章は十枚でございましたのが廿《にじゆう》枚に、支那人の章は十七枚でございましたのが七枚になりました。全体の結構が八十枚の枠を外せませせぬので、第一章があまり頭でつかちになつてはと存じ、かういふ具合にいたしました。

「盗賊」第二章書直し、又第四章へ戻つてをりますが、遅々として捗《はかど》りませぬ。今年中かゝつて、さいの河原の石塔のやうに崩しては積み、積んでは崩してまゐりませう。

お目にかゝる度に、申上げたいことは口に出ず、思ひがけぬことばかり申上げてしまつたやうな気がして、後悔に耐へません。この間は恵心僧都《えしんそうず》の来迎和讃《らいごうわさん》のことなどお話し申上げたく、又御意見をうかゞひたく思つたのでございました。

「頭を傾け手を合せ
いよ〳〵浄土を欣求《ごんぐ》せむ
聞けば西方界の空
伎楽歌詠《ぎがくかえいほの》風かなり
見れば緑の山端に
光雲遥《はるか》に輝けり」

かやうな明るい終焉《しゆうえん》の幻影は、羨《うらや》ましく貴く美しく思はれます。目の前には、疫病《えきびよう》と飢餓と頽廃《たいはい》とを引き連れて、嘗《かつ》てないほど耀《かが》やかしい夏が迫つて来てをります。却《かえ》つてこのやうな夏には、源信が見た恍惚たる浄土の幻影が、東京の空にも現はれるやうに思ふのでございます。戦争中に比べますと、東京の人たちの表情は美しくなりました。どこか透きとほるやうになり、衰へ、影が淡くなりました。人々の運命が、どうやら近代へよりは、古代へ押しやられてゆく如《ごと》く思はれます。

このごろしきりに思ひ起される一行は、「人間」にお書きになつた武田氏追悼《ついとう》の御一文の中のものでございます。

「その人の死に愕《おどろ》き哀《かな》しむよりも、その人の生に愕き哀しむべきであつた」

では向暑の折柄何卒《なにとぞ》御身御大切に遊ばしますやう。

匆々

六月十五日　平岡公威

川端康成様

昭和二十一年七月六日付

東京都渋谷区大山町一五平岡公威より鎌倉市二階堂三二五あて（はがき）

先日は失礼をいたしました。

頂載《ママ》*した御作集の中の「女学生」を拝読して吃驚《びつくり》して物も言へなくなつたせい《ママ》でございましたか、拙作「盗賊」、どう考へてみましても下らなさが身にしみ、こんな莫迦《ばか》げた作品を存在させるのも罪悪のやうな気がしまして、未完の原稿を、なか〳〵引張り出せない戸棚の奥の奥へ押し込めました。これでもう出てまゐりません。やつとサバ〳〵いたしました。今度第一章もお返しいたゞき、幽閉いたさうと存じます。

あの作品について、お悩ませ申上げましたこと、深くお詫《わ》び申上げます。

半年間の熱病でございました。

試験がすみましたら、何とか病後の素直な作品を書いてみたいと存じます。

「群像」の記者には、御言葉に従ひ、「岬にての物語」を渡しました。

右お詫び旁〻御報告迄《まで》、

＊短篇集『日雀《ひがら》』昭和21年4月、新紀元社刊。

昭和二十一年八月十日付
東京渋谷大山一五平岡梓内公威より鎌倉市二階堂三二五あて〈占領軍により開封「検閲済」〉

残暑が厳しうございますが、お変りもいらつしやいませんか。

日外《いつぞや》清光会で徳川義恭氏に会ひ一緒に事務所へお訪ねいたしましたところ、御留守でいらつしやいました。徳川氏も大へんお目にかゝりたがつてゐますので、いつか御引見下されば倖《しあわ》せでございます。

ます〳〵勉強が手につかず、九月の試験に間に合ふかどうかわかりません。今日もどうしても勉強をはじめるのがいやで、急に、御手紙さしあげたくなりました。一つは、きのふも御作集をよみはじめて忽《たちま》ち数時間たち、どうしても止められず、あの正徹《しょうてつ》の「寝覚などに定家の歌をおもひ出しぬれば物狂ひになる心地して侍《はべ》る也《なり》」そのままになりました。

海をしきりに見たく思ひますが心に委《まか》せません。秋に犬吠《いぬぼう》へ行つてみたいとも思ひますが、まだ行つたことのない土地へ、一人でどうして行かうかと考へると迷つて了ひます。

「軽王子《かるのみこ》と衣通姫《そとおりひめ》」——記紀それぞれ記述がことなり、古事記では二人が同腹の兄妹になつてをり、伊予で共に死ぬに至るまで簡素で美しく、近親相姦といふ古代のテーマにはうつてつけなのでございますが、日本書紀では姫は父天皇の后の妹で、軽王子の叔母にあたり、天皇の側室になつてをり、それに対する皇后の壮大な嫉妬《しつと》のテーマ、軽王子が父の恋人と通ずる経緯、ずつと近代的で、スケールも大きくなりますが、軽王子の叛《はん》乱《らん》といふ大事な筋が失はれ、更に、姫が王子の妹とすると、父天皇と姫との恋愛干係《かんけい》と矛盾し、どちらの記述にたよつたらよいか困惑してをります。つまり記紀どちらにも同程度の魅力があるのでございます。

試験がすんでゆつくり書きたいと思ひつゝ、今居ります家は借家で、追ひ立てを宣告されてをり、狭いが親しい机の周囲も秋にはどうなることやらわからず、――今後の困難な経済状況に、こんな乏しい才能で、文学で身を立てゝゆくのは却つて文学を貧しくしはせぬかと思ひ、文学を維持する手段としての生活の為《ため》に不本意な勉強に励む気でゐながら、一方法律の勉強は一日ましにいやになり、（口では強いことをいひつゝ）とても来年の高文は覚束《おぼつか》なく、しかしこのまま僕が文学専一になつたら、弱い母が苦労せねばならぬと思ひ、――実に月並な、非本質的な悩みなのですが、一人くよくよしてゐるよりは、とお耳に入れてしまひました。とんだ愚痴を申し上げました。御読みすごし下さいませ。

友人にききました処《ところ》でハ、宮様の近い親戚《しんせき》（臣下の）は、各ミ《おのおの》、月に二、三百円、生活費として献上してゐるさうで、はつきり申せバ親戚に養はれていらつしやるわけですが、その他にも友人たちから、没落してゆく家々の話を聞きますと、どれもこれも桜の園の定石どほりで、三、四十年して会つてみたら、皆どうなつてゐるかわかつたものではありません。家など祖父の失敗で没落が早かつたわけですが、はやかれおそかれ同じ道を辿《たど》るのでございませう。――先輩の公家《くげ》華族に、莫迦のやうにリラダンにばかりかぢりついて、リラダンのことばかり口走つてゐる可哀想《かわいそう》な人がゐます。何だか大へん愚痴つぽい柄にもないお便りになりました。何卒不悪《あしからず》。

残暑の折柄　何卒御身御大切に遊ばしますやう。

八月十日　　三島由紀夫

川端康成様　　匆々

二伸、「中世」、お言葉に甘え、第一章を初稿にもどすこと木村氏に依頼いたしました。

右、御仕事をお邪魔するやうなお便りを差上げて了ひました

何卒お恕《ゆる》し下さい。思ひ切つて投函《とうかん》いたします。

昭和二十一年九月十三日付

東京渋谷大山一五平岡梓内三島由紀夫より鎌倉市二階堂三二五あて（はがき）

御無沙汰《ごぶさた》を申し上げました。

やつとこの十一日に試験がすみました。二ケ月を無為にすごしたわけで、後味がわるうございます。勉強をしてゐる時は自分が小さな鼠《ねずみ》であるかのやうな気がいたします。全く勉強は生理的に悪でございます。――十一日は籠《かご》をにげだした小鳥のやうに神田の古本屋を歩きまはり、六年来探してゐた、スウエーデンボルグの「天国と地獄」をみつけて有頂天になりました。

十五日の日曜にお邪魔に上らうと前から決めてをりましたのに、ゼネストで電車が止るのではございますまいか。さうしますと、またお目にかゝるのが遅れますので、このお葉書を書きました。

では何卒御身御大切に

匆々

九月十三日

三島由紀夫

川端康成様

昭和二十二年七月十七日付

東京渋谷大山一五平岡梓内三島由紀夫より鎌倉市長谷二四六《ママ》あて

御無沙汰いたしてをります。酷暑の折柄、お変りもいらつしやいませんか、お伺ひ申上げます――矢張週二回東京へお出ましでございますか。

私いよ〳〵高文もあと三日後に迫り、怠け勉強にも大晦日《おおみそか》がまゐりますが、この勉強の間にずゐぶん小説をよみ、昨夜も行政法の勉強がイヤで〳〵たうとう徹夜して「金色夜叉《こんじきやしや》」を全篇読んで了《しま》ひました、こんな面白い小説があるかしらと思ひました。

勉強の傍ら、勧銀の入社試験を受けて落ちました。

弟が僕の部屋へ来て、「お父様がね、お兄《ニィ》が可哀想だ〳〵と云《い》つてるよ、とても絶望落胆してると思つてるよ。」僕「へえ、僕は大抵のことはへこたれないんだけどね、昼寝すれば何でも忘れてしまふ人間だがね、……しかしお父さまには絶望落胆してゐると思はせておく方がいいんだよ」僕はこんな親不孝なことを言ひながらも、一寸《ちよつと》オヤヂに好意をもちます。夕食の時、下へおりてゆくと、オヤヂの役所時代の下僚が二人来てゐます。オヤヂは僕が何も云はぬ前から予防線を張るやうに言ひます。

「こいつは馬鹿《ばか》だよ、東京ぢやなくちや勤めるのに困るなんて試験で我儘《わがまま》を言つたんだよ、だから勧銀を落ちちやつたんだよ、入つてからいくらでも運動できるのにねえ」

明らかにウソです。僕はそんなことを言つた憶《おぼ》えはありません。たゞ成績がわるいから落ちただけのことです。――もとよりオヤヂがこんなことを言ふのは、僕をいたはる為ではなく、偽悪的傾向のある僕が、人に恥をいふことに特別の趣味をもつてゐることを知つてゐるので予防線を張つてゐるのです。オヤヂは愛すべき見栄坊《みえぼう》です。

僕が隣の部屋へ行つてゐますと話はまだつづいてゐます。オヤヂの大声で、

「やつぱりこんな時代でも官吏がいいんぢやないかね、これからも官吏がリーダーシップを振るんぢやないかね」こんな大言壮語は、まだオヤヂが夢をもつてゐる証拠です。僕が高文にだけは受かつてくれて、望み通り官吏になつてくれる、といふ夢です。

オヤヂの昔の輩下は一寸チクリと言つてみたくなつて、

「しかしですね、私共むかし農林省に入りまして、高文をとつてゐる人はあとからどん〳〵私共を追ひこして行つて、自分勝手な文案を作つて人に押しつけて、一生自分が正しいと思つてゐるのですが、彼自身はそれで愉快でせうが、しかし客観的に見るとさういふ人は不幸ですね」

「イヤ不幸なことあるものか、愉快だよ、愉快なら本人は幸福だよ、何でも自分の思ふとほりのことをして人はへイ〳〵いふんだもの、愉快ぢやないか」

オヤヂだつてインテリですから、下僚の人が「不幸」といふ意味くらゐわかつてゐるのです。オヤヂがかうしてわざと理不尽なわからずやの主張をするのは、いろんな意味があるのです。一つは自分への、一つは息子である僕への。そして僕はオヤヂが思つてゐるほど甘くもないし、又一方オヤヂが思つてゐるほど現実家でもないので、オヤヂのジエスチユアは皆トンチンカンになつてしまふのです。

——右のやうなシーン、一寸興味的ですから書いてみました。僕は近頃一日一日年老いて人が好《よ》くなつてくる両親を大へん好きになつて来ました。僕は両親に愛されるのが苦痛だつたのですが、もう年の上で、両親を愛することも出来るやうになりかけてゐます。今度の就職問題や高文の問題でも、僕は若い友人達には、いろんな景気のよい理窟《りくつ》をつけて、ゲーテやコンスタンの真似《まね》をするつもりだ位のキザな揚言もしたのでした。しかしよく考へると、年をとつてやさしくなつた父への殊勝らしい親孝行もまじつてゐさうです。この発見は今ではさほど僕をてれくさくさせません。

それなら一生懸命勉強をすればよいわけです。受けぬ前から落ちるとわかつてゐるこんな自堕落な勉強の仕方はよくないことです。と思つてもやはり小説が書きたくて読みたくて、心がしじふ《ママ》そはそはして落ちつきません。——一番僕が警戒しましたのは、「お前が勉強をおちついて出来ない気持、それは本当に純粋なデーモンの仕業か？　自分ではつきりさう断言できるか?」といふ自分への質問でした。云ひかへれば、「お前は、一寸ばかり、それこそ蟻《あり》の涙ほどの文学上の仕事と、それに対して過分に与へられた(と云つても世界的野望にははるかに遠い)新進小説家といふ美名とに甘えて、それに浮かれて、勉強が出来ないのではないか?」といふおそろしい質問でした。――否《いな》、と僕は反撥《はんぱつ》します。デーモンのおかげもたしかにある。それはたしかにあるだらう。しかしそれが何%でせう。僕に本当のデーモンがあれば、学校も家庭もほつぽり出して、不キ奔放な文学生活へ突つこめないわけがありませうか。

僕はたしかに思ひ上つてゐます。おそろしいことです、師友の手引を自分の実力のやうに己惚《うぬぼ》れてゐます、――自分が思ひ上つてゐる(自信ではなく)と感じること位ゐ、僕をへこたれさせることはありません。昼寝してもこればつかりは治りません。

試験がすんだら又自分にかへつてよく考へてみたいと存じます。

いつもお手紙をさし上げるといふとつまらない愚痴ばかりで申訳ございません。

どうぞお聞き流し下さいませ。試験終了後早速御邪魔に上りたく存じます。

暑中何卒御身御大切に

匆々《そうそう》

七月十七日　三島由紀夫

川端康成様

昭和二十二年十月八日付

東京渋谷大山一五平岡梓内三島由紀夫より鎌倉市長谷二四六《ママ》あて

ここ二三日は肌寒いほどの陽気でございますが、お変りもいらつしやいませんか、先日は御多忙のところを御邪魔申上げまことに失礼を仕《つかまつ》りました。

いつぞや「二百枚ぐらゐのものを書いたらどうか」とのお言葉をいたゞきましてから、丁度おぼろげに考へてをりました長篇の構想が、心の中で動きだすやうになりました。けふも友達のところへ、（その小説の主人公が馬をやるので）馬術のことをききにゆくところでございますが、想像からでつち上げた筋と実際にきく話とのギャップから、却《かえ》つて新らしいアイデアがつかめてうれしく思ふこともございます。この間尼寺の話を友達からきいてノートいたしましたが、道楽者の伯爵《はくしやく》が東京でしたい放題をしてゐる留守に、京都の邸《やしき》では、姉二人はお嫁に行つたあとなり、母親は早世してゐるし、末の娘がたつた一人で、女王様のやうに威張つて暮らしてをりました。仕へる人たちが万事御無《ごむ》理《り》御尤《ごもつと》もなのをよいことに、少女がたださへ早熟なのを、次第に京都の華胄界《かちゆうかい》の噂《うわさ》にのぼるやうな乱行をはじめる経路は、一寸プルーストの可憐《かれん》な短篇、「社交界」を思ひ出させますが、「素行が治まらぬ」といふカドで、といふより、父親が厄介払ひに、尼寺へやられてからも、住職の旅行中などには、青や緋《ひ》や萌黄《もえぎ》の色衣《いろごろも》を着て、頭布《ママ》をかぶつて、河内《かわち》の道明寺から大阪にゐる恋人の中学生のところへしげ〳〵と通ふ始末。しまひにはかはる〳〵男を引入れたり、終戦後は、同宿させた引揚者の復員青年と関係を結んだりしてゐるのが公然の秘密なのに、何も御存知ない住職は別として、仕へる人たちは何もいはず、その下ばたらきの尼さんたちといふのが、失恋のお光尼とか、赤ん坊が出来かかると盲腸炎だとごまかしておいて、子供は処分し、自分は尼になつた女とか、それ〳〵一癖ありげな人ばかりなのださうで、尼寺といふところは大変なところだと一驚しました。

　昨日は又、菊池寛氏の序文を店頭で読んで感銘深く、島田清次郎の「地上」を買ひ求めて来て読みました。菊池氏の世俗的な序文が、氏の世俗的な自信から出たものでなく、あゝまで文学的自信から出た世俗的な文章であり、その強さに感銘して買つたのでございますが、島田氏の小説はまた、この序文とはうらはらなのでございました。菊池氏が「廿五《にじゆうご》才以下で小説を書く勿《なか》れ」と主張すると、島田氏は強硬に反対したとのことですが、菊池氏の言つた意味が島田氏にわかる筈《はず》はなかつたと思ひます。廿五以下で、いや卅《さんじゆう》以下で本当の小説が書ける筈もない、といふ認識は認識として心にありながら、書かずにゐられないで書いてゐる多くの青年に比べれば、廿五以上の文学といふものを考へることのできなかつた島田氏に凄《ママ》壮な運命の歌を感じます。そして私自身が、島田氏とちがつて、菊池氏の言はんとするところがわかりすぎると知ることも、私を寂しくさせます。

とにかく「地上」の主人公大河平一郎は、苦学力行型、正義派型、といふより、私たちが熟読したあの夥《おびただ》しい少年小説の主人公と同類型なのです。ここには人生の冒険があり、少女たちをかばふ鉄拳《てつけん》があり、世に容《い》れられない正義感があり、私たちが少年時代にゑがいた理想少年が息づいてゐます。しかしこんな人物は、やはり小説の中に登場するには早すぎるのだと思ひます。若さといふ重荷さへ知らないやうな冒険にみちみちた魂は、小説といふ枠のなかに入れてはならないやうな気がします。アラン・フウルニエの「モオヌの大将」が、小説のなかから脱出してゆくやうに。

太宰治氏「斜陽」第三回も感銘深く読みました。滅亡の抒事詩《じよじし》に近く、見事な芸術的完成が予見されます。しかしまだ予見されるにとどまつてをります。完成の一歩手前で崩れてしまひさうな太宰氏一流の妙な不安がまだこびりついてゐます。（完璧さ）太宰氏の文学はけつして完璧《かんぺき》にならないものなのでございませう。しかし抒事詩は絶対に完璧であらねばなりません。「斜陽」から、こんな無意味な感想を抱いたりいたしました。

又御邪魔に上りたく存じます、何卒御身御大切に

匆々

十月八日　三島由紀夫

川端康成様

昭和二十三年十月三十日付

鎌倉市長谷二六四より東京渋谷区大山町一五平岡様方あて〈占領軍により開封「検閲済」〉

拝啓 盗賊序文ニつき御丁重な御礼痛み入りました むづかしい御作で粗末な物しか書き得ませんでした いろいろな意味の御試作と思ひました ＊トツパンの本の御解説拝読 これニハ驚き感佩《かんぱい》しました 作者の思ハぬ事いろいろ見てゐて下さいまして殊の外難有《ありがた》いものでした 少年時代の御作もほゞ拝見 ついでの時鎌倉文庫まで持参して置きますから木村君より御受け取り下さい 只今《ただいま》暮と新年の義理の原稿山積中 不取敢《とりあえず》右一寸《ちよつと》御あいさつまで

匆々

十月卅日

川端康成

三島由紀夫様

＊浪漫新書『夜のさいころ』昭和24年1月、株式会社トッパン刊。

昭和二十三年十一月二日付
東京渋谷大山一五平岡梓内三島由紀夫より鎌倉市長谷二六四あて〈占領軍により開封「検閲済」〉

御手紙ありがたく拝見いたしました。

先日は御多忙のところを、「盗賊」のために序文をいたゞきまして、洵《まこと》にありがたうございました。身にあまる立派な序文をいたゞき、文庫で早速拝見して大喜びをいたしまして、木村さんにも見せ、すぐ真光社へ行つて社長に見せ、コピイをとりまして、御原稿は家へもちかへり、両親や弟にまで見せ、自分も十ぺんほど読み返しまして、御心遣ひのほど身に泌《ママ》み入りました。御期待にそむかぬやうにせねばと存じ、停滞してゐた仕事もその頃から急に捗《はかど》り出しました。厚く御礼申上げます。

御宅へ伺ひました節御目にかゝつて御礼を申上げるべきでございましたが、あまり過分な序文をいたゞいて妙なことながら、直接御礼申上げるのも面映ゆく存じ、御就寝中のことゝて、匆々に御暇《おいとま》いたしまして失礼を申上げました。

それから、その前よりトッパンから依頼のございました御作品集の解説を、僭越《せんえつ》と存じながら引受けましたところ、今又お手紙にて、御丁寧なお言葉をいたゞき恐れ入りました。

昔からのよくない癖で、外国の作家といはず、日本の作家といはず、系統立てたよみ方をいたしませんで、ただ「好きなもの」「美しいもの」と選《よ》つて読んでまゐりました結果、御作につきましても、御制作順や年月日について漠然たる知識しか持ち合はさず、本来「解説」といふものは、読者の自由な享受《きようじゆ》への橋渡しの域をこえるものであつてはならぬといふことは存じながら、あのやうな主観的な文章を書きまして申訳ございませんでした。

おくればせながら御寛恕《ごかんじよ》をお願ひいたします。

たゞ、今の新らしい若い読者と共通な世代にある私から、御作品への敬愛の情をできるかぎり自由に放埒《ほうらつ》に述べさせていたゞいたことで満足を感じ、この心持を御汲《お》み下すつたお言葉に対して、より深い感謝に涵《ひた》つてをります。

私、近頃、怠け者になり仕事も〆切間《しめきりま》際《ぎわ》に忙しがるやうなことばかりやつてをりまして、お恥かしく、十一月末よりとりかゝる河出の書下ろしで、本当に腰を据えた仕事をしたいと思つてをります。「仮面の告白」といふ仮題で、はじめての自伝小説を書きたく、ボオドレエルの「死刑囚にして死刑執行人」といふ二重の決心で、自己解剖をいたしまして、自分が信じたと信じ、又読者の目にも私が信じてゐるとみえた美神を絞殺して、なほその上に美神がよみがへるかどうかを試めしたいと存じます。ずゐぶん放埒な分析で、この作品を読んだあと、私の小説をもう読まぬといふ読者もあらはれようかと存じ、相当な決心でとりかゝる所存でございますが、この作品を「美しい」と言つてくれる人があつたら、その人こそ私の最も深い理解者であらうと思はれます。しかし日本戦後文学の世界のせまさでは、又しても理解されずに終つてしまふかとも思はれますが……

奥様の御体はいかゞでいらつしやいませうか、先日御病臥中《ごびょうがちゅう》でいらつしやつたので、御伺ひ申上げます。

では、向寒の折柄、何卒《なにとぞ》御身御大切に遊ばしますやう、御願ひ申上げます。

十一月二日　三島由紀夫

川端康成様

昭和二十五年一月三十一日付
東京渋谷大山一五平岡内三島由紀夫より鎌倉市長谷二四六《ママ》鎌倉局区内あて

御無沙汰《ごぶさた》いたしました。
早速ながら、此度《このたび》、拙作「燈台」を自分の演出でやることになり、寧日ない忙しい目に会つて、ここのところすつかり芝居者気質になつてしまひましたが、やつと二日に初日があきますので、遅ればせながら初日の切符お届け申上げます。岸輝子の主演でございます。もし御会合のお序《つい》でにでも、御暇あらば御一見下されば幸甚《こうじん》に存じます。七日迄《まで》毎晩五時半開演私の芝居は六時頃からやります。演出といふ仕事の厖大《ぼうだい》なエネルギーの要るのにはほと〳〵呆《あき》れ、もう二度とやる気はございません。でもこんな面白い仕事は生れてはじめてで、阿片《あへん》のやうで、怖うございます。

匆々

三島由紀夫

川端康成様

昭和二十五年三月十五日付
鎌倉市長谷二六四より東京渋谷区大山町十五平岡様方あて

昨日は鎌倉文庫解散の会議に出て居て失礼しました。しばらくぶりでお目にかゝりたかつたのに残念でした。

今日ハペンクラブの幹事会に出ました。明日ハ文芸家協会これも税金の事がありますので、舟橋君との話もあつて出ます。

今年度国際ペンクラブ大会、エディンバラにて八月中ごろ一週間、の正式招待届きました。今年ハ渡航許可あれば円をドルと換へて貰《もら》へますので、代表派遣も現実的となつて来ました。題目が演劇とある点などより、北村喜八君、阿部知二君等を今日の幹事会では推せんする事になりました。両君が行くかどうかは交渉してみないと分りません。あなたも一寸行つてみませんか。ペンクラブ代表として推せんする事ハ困難でせうが、一員として如何《いかが》です。百万円くらゐで行つて来られさうです。百万円くらゐハお出来になるでせう。まあ機会ハいくらもありますが、なるべく早くヨオロッパ見て来た方がよいでせう。

来年の会ハアルゼンチンださうです。

また四月十五日からペンクラブで広島長崎へ行きます。これはあなたを誘つてみてくれないかとの事でした。十人ほど行く予定です。但《ただ》し長崎まで行く人は少いでせう。私はまあゆつくり九州を廻つて来ます。長崎だけでも如何です。

三月十五日　川端康成

三島由紀夫様

昭和二十五年三月十八日付
東京都渋谷区大山町一五平岡方三島由紀夫より鎌倉市長谷二六四あて

先日は御不在中に御邪魔いたし失礼いたしました。

本日はまた御丁寧なお手紙ありがたうございました。エデインバラへ行つたらどうか、といふ個所を拝見し、ワアーツとよろこんでしまひ、もう一寸よみましたら、百万円要ることがわかり、ガツカリしてしまひました。私の力では、宝クジを買ふほかに手がございません。……それともどこかへ頼みやうがございませうか？

広島、長崎へもお誘ひいたゞきありがたうございます。大へんお伴したうございますが、十五日までには是が非でも新潮社の書下ろし*1を仕上げねばならず、このところ毎日十時間仕事をしてをり、隠れ家に隠れてをりますので、十五日にすむとすぐ婦人公論*2の連載を書かねばならず、お伴できないのではないかと存じます。今度アルゼンチンへお伴したう存じます。

ヨーロッパ、それも荒廃のヨーロッパを隅々まで見たいといふのが最大のねがひでございますが、いつ叶《かな》へられますことか。そのうちにへんな風に復興してしまふと、ヨーロッパも魅力がなくなります。ベルリンや荒廃したドイツの諸都市、イタリイ、共産政府下のギリシヤ、かういふところが最も魅力で、アメリカにはちつとも魅力がありませんが、それでも行けといはれればよろこんでまゐります。竹山道雄さんの「希臘《ギリシヤ》にて」をお読みになりましたか？　一生に一度でもよいから、パンテオンを見たうございます。
では何卒御身御大切に、御奥様によろしく。

三月十八日　　三島由紀夫

川端康成様

＊1　書下ろし長篇『愛の渇き』昭和25年6月、新潮社刊。
＊2　「純白の夜」を《婦人公論》に、昭和25年1月号より10月号まで連載。

昭和二十五年五月九日付
大島岡田村大島観光ホテル三島由紀夫より鎌倉市長谷二六四あて（はがき）

御無沙汰してをります。

いつぞやはお目にかゝれず残念でございました。

東京では何やかやウルサイことが多くなり、半分神経衰弱気味で、仕事もできませんので、急に思ひ立つて島へまゐりました。こちらへ来ると嘘《うそ》のやうに気分爽快《そうかい》になり、快晴の日に火山を見てゐますと、何か「世界に対する憐憫《れんびん》の感情」の如《ごと》きものも湧《わ》いて来て、仕事も大そう捗《はかど》ります。現金なものだと思ひます。

こちらへまゐりました晩は、約三十秒おきに小爆発がつゞき、一晩中、硝子戸《ガラスど》がふるえ《ママ》てゐました。火口の上の空は夕焼のやうに真赤で、地響きがするたびに火の粉の塊が舞ひ上る、それが丁度波みたいで、火の波頭が岩に砕けて、空にしぶきを上げるやうな具合でございます。

先月、勇気のある人がをりまして、沙漠《さばく》をエスカレーター位のスピードで少しづゝ流れてゐる熔岩流《ようがんりゅう》に、同行者の目の前で身を投げた奴《やつ》がゐたさうでございます。同行者は救《たす》けることもできず、仕方なしにタイムをはかつてゐたさうですが、全部とけちまふ迄、十五分だつたさうでございます。

話はちがひますが、この間お宅で会ひました京都の呉服屋の北出さんに家の住所を教へたばかりに、やつて来られて、おふくろの着物を一つ買はされました。

新潮社の御本の解説＊、やらせていただくことになりました。光栄に存じてをります。

では御身御大切に、帰京の節又お目にかかりたう存じます。

＊新潮文庫『伊豆の踊子』解説（昭和25年8月刊）

昭和二十五年七月二十二日付
神奈川県強羅《ごうら》温泉中強羅照本旅館三島由紀夫より鎌倉市長谷二四六《ママ》あて

暑中御見舞申上げます。

皆様御元気でいらつしやいますか？

小生只今《ただいま》中強羅で仕事をしてをります。こちらは大へん涼しく山百合《やまゆり》と紫陽花《あじさい》がさかりで、夜登山電車でまゐりました時、沿線に白い紫陽花の花群がぽつぽつと顔を出すさまが、なまめかしいやうな、妖《あや》しいやうな感じがいたしました。はじめ強羅の宿にをりましたが、毎晩宴会の炭坑節に悩まされ、こちらへ逃げてまゐりました。この宿は、窓から正面に明星ヶ岳が見られ、そこに、今、虹《にじ》がかゝつてをります。月末には帰京いたしますので、来月匆々《そうそう》でも御邪魔いたしたうございます。

七月廿二日　三島由紀夫

川端康成様

二伸、新潮文庫の解説、蕪言《ぶげん》を連ねました御寛恕《かんじょ》願ひ上げます

昭和二十五年七月二十四日付
鎌倉長谷二六四より東京渋谷区大山町十五あて

過日新潮社へ寄附頼みニ行きました節伊豆の踊子の解説の御原稿拝読しました 再三芳潤の御言葉いただき感謝に堪へません 本が粗末で残念です
御高著愛の渇きハ菅原君より頂戴《ちようだい》明日箱根へ参りますので拝見出来ると存じます
春信ハ其後売り物見ましたが保存悪く例の図ハ有りませんでした 来月海の祭の頃御来遊如何《いかが》ですか
右不取敢《とりあえず》御礼申上げます
七月二十四日夜　川端康成
三島由紀夫様

昭和二十六年八月十日付

箱根強羅くらたより東京都目黒区緑ケ丘二三二三あて

昨日強羅に来ました。環翠《かんすい》の私の部屋には支那《しな》派遣軍の岡村寧次（？）将軍が陣取つて居ました。無論部屋は無く、去年の夏あなたがお泊りの宿にも電話をかけてみてくれましたが、土曜日曜ハ追ひ出されるとの事で、強羅公園の上のくら田といふ宿へ環翠の番頭が案内してくれました。お光りさまの屋敷に取り巻かれた宿です。今日の夕方、仙《せん》石原《ごくばら》の宿の高見君の奥さんから電話があつて、来週、お光りさまの古美術品を見に行けるかもしれないとの事です。美術商の案内です。高見君の宿に大倉喜七郎氏もゐます。昨日小田原の駅で降り際《ぎわ》に同車して居たと気がつきました。この人も随分腰が曲つたやうです。今年も登山電車の途中にあぢさゐの花多く凶徴《ママ》のやうでいやでした。

一昨日、文芸の山川さんが鎌倉の宅へ来て、藤田君のフランス行きを誘ふ伝言また聞きました。この秋では私はちよつと見込みありません。それに億劫《おつくう》です。この間もすすめましたが、あなたハ是非いらつしやい。藤田君のことは別としても適当の折になるべく早く。禁色《きんじき》は驚くべき作品です。しかし西洋へ行かれればまた新しい世界がひらけると思ひます。

あなたの仮面の告白を訳して居るアメリカ人は何といふ人で何をして居るのでせうか。実はステグナア（この春来朝の短篇作家）の関係のアメリカの大学の文学雑誌に、日本の短篇も毎号でも出してハとのこと、再三、また二三の人に手紙で言つて来てくれて居ますので、作品を送るについて、日本文学を読む在日の外人にも参考意見を聞いてみたいと思ふのです。あなたも西洋に訳して面白いと思はれる作品、お気づきのものがあれば、一篇でも推薦していただけると幸せです。ステグナアには、一度だけでなく、続けていろいろ送るつもりです。小松清君の話では、サルトルの雑誌を出して居る社でも、日本文学の集を出版してみたいと言つて来て居るさうです。かういふ話は前にもありましたが、ペンクラブで怠けがちでした。しかし応じた方がよいと考へるばかりでなく、実行に移すやうつとめるつもりです。

暑さおいとひ下さい。先日は失礼しました。

八月十日　　　　川端康成

三島由紀夫様

昭和二十六年九月十日付
東京都目黒区緑ケ丘二三二三三島由紀夫より鎌倉市長谷二六四あて

御手紙をありがたうございました。一仕事終へてから、久々に「堂々百枚」ぐらゐの長さの手紙を差上げようと思つてをりますうちに、ついつい遅くなりまして、大変失礼いたしました。

昨年強羅でお目にかゝれた時は大変嬉《うれ》しうございましたが、今年は例の連夜の「月は《マヽ》出た出た」が怖さに、箱根を敬遠して、今井の浜と軽井沢へまゐり、それから新潮のカンヅメで静浦へまゐりました。こんなによく遊んだ夏はなく、海水浴（五米《メートル》泳げるやうになりました。菅原君の前で泳いで見せたら、彼ゲラ〳〵笑つて、ドッグ・クロールだと命名し、泳いでゐる時の僕の瀕死《ひんし》の表情を見たら、百年の恋も一時にさめるだらうと申しました）、ダンス、馬、ボート、お酒の上に、仕事も昨年の夏の二倍も出来ました。原因は目下全然恋愛をしてゐない為《ため》でございます。

洋行のことは、例の青年芸術家会議に願書を出しましたが、十一日に英語の試験があり、これで落第必定です。だつて外人が試験官なのですから、ごまかしやうがございません。もう一つ別な話がございますが、この方もまだ未定でございます。青年芸術家会議の推薦状をいただきたかつたので、シラノの試写会にお出《い》でになつていらつしやるかと思ひ、スバル座へまゐりましたが、お出でがなく、残念でございました。ステグナア氏からの短篇集の件につき、御親切な御申出をうれしく拝読いたしましたが、拙作の中から、さてどれを、と申してもすぐに出てまゐりません。「遠乗会」など、いかゞでせうか。僕の「仮面の告白」の話は、英国のモリスとの話合の結果、すでに訳了したといふ米国のウエザビーに渡すことにしましたが、そのあとでモリスからの手紙で、ウエザビー氏が訳了したかどうか、よい出版者があるのかどうか、一寸《ちよつと》あやしいと言つてまゐり、目下停頓《ていとん》してをります。ウエザビー氏は元外交官で、米国文壇にも別に足場のない人です。

この間、ハイネの「浪曼派《ろうまんは》」といふ本をよんでゐましたら、ハイネがゲーテのことを、「不毛であり不妊《ふにん》である」といひ、それが芸術の本質的特徴のやうに論じてゐるところを面白く読みました。ハイネだから平気で言へることだと存じます。目下、コルトオの「ショパン」をよんでゐますが、これも面白うございます。

舞踊劇を二つ書きました。一つは柳橋の踊りのためで、「艶競《はでくらべ》近松娘」、一つは青山圭《よし》男《お》氏の新作日本バレエで、「姫君と鏡」で、後者は落窪《おちくぼ》物語のバレエ化です。前者は十月末明治座で、後者は十一月末帝劇でいたします。

お酒を呑《の》みだして肥《ふと》りだし、この五月十三貫だつたのが、今度十四貫になりました。この一貫は、リットルではかるべきでせう。

軽井沢へは吉田健一氏などと行きましたが、彼は一日中呑んでをり、軽井沢まで、生ビールを売つてゐない駅へとまるたんびに怒り出し、「生ビールを売つてないなら、何のために停車場があるんだ」と怒鳴つてゐました。むかうへついても朝昼晩呑んでゐるので、朝から浴衣《ゆかた》がけでビールを呑んでゐるところなんか、とんと「小原庄助」でした。前の晩二時まで附合つて、やつと寝て、朝七時から隣室のケタ〳〵、といふ面妖《めんよう》な笑ひ声に目をさまされ、行つてみると、ベッドの中でもうウイスキーを呑んでゐました。仕様のない人です。

海水浴で頭を短かく刈つたら、おふくろがもう一緒に歩いてやらない、と言ひました。外国煙草《たばこ》を没収されて沖縄へ行つてかへつて来た風格があるさうです。歩いてくれないで幸ひです。

軽井沢では不良少年少女どものワイルド・パーティーに行き、アプレの子は怖いよ、と思ひました。久保田万太郎氏が「演劇」*のわれ〳〵の座談会を読まれて烈火の如く怒られ、「プッ、アプレは怖いよ」と言はれた由《よし》です。

奥様もお元気ですか？　すつかり御無沙汰《ごぶさた》してをりますが、今度伺ふときは、奥様の御毒舌に当らぬやうに、前以《まえもっ》て毒消し錠でも呑んで伺ひます、とお伝へ下さい。

では下らないお喋《しゃべ》りばかりいたしまして、申訳ございません。

何卒《なにとぞ》御身御大切に

九月十日

三島由紀夫

川端康成様

＊座談会「劇壇に直言す」（出席者　中村光夫・大岡昇平・神西《じんざい》清・福田恆存《つねあり》・三島由紀夫）（《演劇》昭和26年8月号）

昭和二十七年二月十三日付

ブラジル、サンパウロ州リンスタラマ方三島由紀夫より鎌倉市長谷二四六《ママ》あて

御無沙汰してをります。

出発に際しましては、奥様と御一緒に、いろ〳〵一方ならぬお世話をいたゞき、ありがたうございました。今、サン・パウロから飛行機で一時間半ほど奥のリンス近郊の多羅間俊彦氏の農園でこれを書いてをります。俊彦氏は、ブラジル語もすつかり巧《うま》くなられ、殿下から農園主への切替へに些《いささ》かの不自然もありません。

ニユーヨークではパツシニ氏に大変お世話になりました。パツシニ氏は赤ちやんが亡《な》くなられて、丁度米国へかへつてをられたところでしたが、僕のためにインタビユーの通訳などして下さいました。お会ひになつたらどうぞよろしくお伝へ下さい。

ニユーヨークではパツシニ氏の紹介状のみ役立てました。ミセス・ウヰリアムスの、国務省宛《あて》紹介状もいたゞいてゐましたが、両方がかち合ふと面倒になるので、ウヰリアムス夫人の紹介状はギリシヤで役立てようと思つてをります。

アメリカでは皆米人が親切にしてくれ、ミス・クルーガーといふパツシニさんの友達に殊《こと》に世話になりました。会ふ米人がみないい人なのにおどろきますが、いい人と味の

ある人とは一寸別で味のある点では、パッシニ氏のやうに永く日本にをられる人には誰も敵《かな》ひません。日本は人間に「味」を与へます。

南米へ来ると、ブラジル人の呑気《のんき》さ加減がすつかり気に入りました。こんなに気のいい連中はなく、在留邦人たちにしても、何しろ何億といふ金をもつてゐる人はざらですから、皆大きな顔をしてゐて気持がよく、ハワイや米国西海岸の卑屈な一世二世とは比べものになりません。第一教養もあり、日本に一番ちかいホノルルの連中よりずつと日本のことを知つてゐます。

言葉にしても母音の多いポルトガル語は殆《ほとん》ど日本語の発音に近く、日本人が話してゐても、さほど不自然に感じません。日本の一世や二世が、「レッツゴー」とか「ヘイヘイ、カマワン、ゴーアヘッド」なんぞと言つてゐますと、大柄なアングロサクソンの言葉が似合ふはずもなく、醜悪でぞつとしますが、ポルトガル語はずつと日本人に似合ひます。

多羅間氏のところで鍬《くわ》をもつて働らくなんぞと思込んでゐましたが、くたびれてそれどころでなく、ここではひたすら休息です。羽切《ママ》蟻《あり》の生態など面白く、このあたりには蜂雀《はちすずめ》もアルマジロもゐるさうですが、まだ見ません。

十六日ごろサンパウロへかへり、そこから中西といふ海千山千のおぢいさんと一緒にはじめて本当の奥地へ旅立ちます。マットグロッソ州とボリヴイアの堺《さかい》まで行く予定で、日本人はまだ十人と行つてゐないところださうです。

二十三日からのカーニバルまでにリオにかへり、それがすんでから（リオのカーニバルはとてもたのしみです）アルゼンチンへ行く予定ですが、ヴイザがなか〳〵とれず、どうしてもとれなかつたらヨーロッパへ直行します。

では、厳寒の日本で、何卒御身御大切に。

奥様にくれぐれもよろしく。

二月十三日　三島由紀夫

川端康成様

昭和二十八年二月十五日付

鎌倉長谷二六四より東京都目黒区緑ケ丘二三二三あて

昨日米川正夫さんのペンクラブ壮行会を兼ねた集まりありましたが、私はまあやめるつもりです。しばらくじつとして居て仕事（今書いて居るやうなのでなく）をしたい気持が強いのです。あるひハ洋行費で茶碗《ちやわん》を買つて飲んで居たいといふ気持、（必ずしも隠居趣味でもありません。）

群像[*1]の座談会ハ頗《すこぶ》る面白く拝見しました。正体を見破られ解剖されても味気ないので、そろそろまた化けないといけないと思ひます。千羽づるの続きにお説の処女が出て来て気ニなります。

今月の文学界[*2]は、新しい少年のところ、少しはつきり書き過ぎてはないでせうか。

明日鎌倉ニ帰り、全集十四巻と再婚者お送りします。

十五日　　福田家　川端康成

三島由紀夫様

＊1　「創作合評」（評者　亀井勝一郎・堀田善衞《よしえ》・三島由紀夫）（《群像》昭和28年3月号）。評された川端の作品は、「傷の後」（《別冊文芸春秋》31号）

＊2　三島は、「秘楽《ひぎょう》」（「禁色」第二部）を昭和27年8月号より、《文学界》に連載していた。

昭和二十八年三月十日付
三重県志摩郡神島村寺田宗一氏方三島由紀夫より鎌倉市長谷二四六《ママ》あて

お元気でおすごしのこととお慶《よろこ》び申上げます。又、日外《いつぞや》はお手紙をありがたうございました。すぐお目にかかりたくなつて参上いたしましたが、御不在で残念でございました。

目下、神島といふ伊セ湾の湾口を扼《やく》する一孤島に来てをります。「禁色」の次の、あ あいふデカダン小説とは正反対の健康な書下ろし小説を書く準備に、調査に来てゐるのです。人口千二、三百、戸数二百戸、映画館もパチンコ屋も、呑屋も、喫茶店も、すべて「よごれた」ものは何もありません。この僕まで忽《たちま》ち浄化されて、毎朝六時半に起きてゐる始末です。ここには本当の人間の生活がありさうです。たとへ一週間でも、本当の人間の生活をまねして暮すのは、快適でした。ある日は早朝から夕方まで、蛸壺《たこつぼ》船に乗り込んで揖《ママ》取を手つだひました。全然舟に酔はないので、褒められました。村の漁業組合長の家に世話になつてをりますが、組合事ム所にゐると、一人の漁夫の老人が入つて来て、僕の顔をしげしげと見て、「これ、どこの子やいな」と傍らの人にきいてゐました。ここへは夏と、出来れば秋に、もう一、二度調べに来た上で、秋ごろからとりかゝり、来春本にする予定でございます。
明朝ここを発《た》つて、三重賢島《かしこじま》の志摩観光ホテルへまゐります。そこで僕はまた、乙りきにすまして、フオークとナイフで、ごはんをたべるだらうと想像すると、自分で自分にゲツソリします。
では又、帰京ののちお目にかゝるのをたのしみに。
三月十日　　　　　　　　　　　　　　三島由紀夫
川端康成様
二伸　歌舞伎座《かぶきざ》の「蝴蝶*」は一パーセントといへども僕の仕事とは申せませんから、どなたも御招きいたしません。不悪《あしからず》。

*山田美妙作「蝴蝶《こちよう》」を舟橋聖一と共同演出。

昭和二十八年十月十四日付
鎌倉長谷より目黒区緑ケ丘二三二三あて

御作のすゐせん文、私は不服でした。あなたは更に御不服の事と思ひます。午後の電話で明日の朝までとの事だつたさうで、家人がよろしく頼んだのです。私は仕事ニ出てゐましたが、電話を聞いたところで、やはり一応読みかへすでせうから、間には合はなかつたでせう。おゆるし下さい。

お仕事をかうしてまとめて進まれる事はうらやましく思ひます。私も力のはつた仕事だけと思ひますが、いつからさう出来るか見込みも立ちません。このごろは陰気でたまりません。五月まで寒いやうです。

昨夜から仕事に出て居ます。あまり同じ宿なのも、楽なやうで刺戟《しげき》がありません。来月にハ京都の方へ旅行ニ出ます。少し休みたいものです。

十四日　川端康成

三島由紀夫様

昭和二十八年十月十七日付
東京目黒緑ケ丘二三二三三島由紀夫より鎌倉市長谷二六四あて

御手紙ありがたうございました。

実は、御推薦文の御礼のお手紙を差上げようと思つてをりましたところで、却《かえ》つて御《ご》挨拶《あいさつ》にあづかり痛み入りました。私としましては、過分の御推薦文をいたゞき、喜んでをりました。

福田家でお仕事中の由《よし》、参上してお話を伺ひたうございますが、御仕事の御邪魔になつては、と御遠慮いたしてをります。林房雄氏の結婚式でお目にかゝれると存じます。

昨日まで一泊で修善寺へ行つてまゐりました。大岡昇平さんの歓送会で、友人五人と参りましたが、大岡さんの日本の思ひ出の一夜といふのに、お藷《いも》のやうな芸妓《げいぎ》ばかり出て来て、気の毒でした。かへりはミト浦へ自動車で抜けましたが、海岸が小春日和《びより》みたいな澄んだ日光で、きれいでした。

大岡さんも「婦人倶楽部《クラブ》」で手こずつてゐて、僕も「主婦の友」*がいやでいやでたまらず二人で、さんざんこぼし合ひました。これも自業自得《じごうじとく》ですが、いつそ「作者退屈至極につき連載中断 仕《つかまつり》候《そうろう》」といふ社告を出してもらはうかと思ひます。

僕はもう男色物は書きたいだけ書きましたから、これで打切り、今後は健康な小説ばかり書かうと存じますが、これからが本当の冒険で、綱渡りです。生命保険にでも入らねばなりますまい。

京都へは十一月にお出かけでございますか？　十一月の京都はさぞいいだらうと思ひます。僕も行きたいですが、どうせ行くなら仕事をもたずに行きたく、さうすると結局行けなくなります。

福田恆存さんから便りがありまして、ニューヨークが大へん気に入つたさうです。キティ颱風《たいふう》の作者なら、さもありなんと思ひます。

大岡さんの歓送会で、揮毫帖《きごうちよう》に、

昇平何舎神洲地
駕夷狄車下米洲
冀以和朝化紐育

と書きましたら、お前はやつぱりフアツシヨだと叱《しか》られました。

では、夜寒日々にまさる折柄、何卒御自愛のほど祈り上げます。

十月十七日　三島由紀夫

川端康成様

＊「恋の都」を《主婦の友》に、昭和28年8月号より昭和29年7月号まで連載。

昭和二十八年十一月二十五日付
鎌倉市長谷二六四より東京都目黒区緑ヶ丘二三二三あて

文人碁会のトオナメントニ出て居りまして不在失礼しました　榊山《さかきやま》文壇本因坊ニ負けくじで蘇生《そせい》しましたがまた梢風《しょうふう》先生ニ負けました　新聞雑しニ出る碁となると割ニ強いのですが
美しい御菓子いただき会員ニなれた*お祝ひかと難有《ありがとう》存じます　会員ニなる事も難有いのでせうが少しさびしい気もします　京都でハ心銷沈《しょうちん》あの古い町の民家のちまちまニ何とも日本の貧しい哀れさ思つたりしたの今度はじめてでした　御作秘楽《ひぎょう》ハみな年よりの批評が出て居るやうで私もこのごろの批評ハどうかと思ひます
十一月廿五日　川端康成
三島由紀夫様

*昭和28年11月13日、永井荷風、小川未明とともに芸術院会員に選出。

昭和二十八年十二月十八日付
鎌倉市長谷二六四より東京都目黒区緑ケ丘二三二三あて

拝啓　御みごとな巻鮭《まきざけ》今日拝受いたしました　頂戴物《ちょうだいもの》ばかりして居る様です　先日ハ地獄変*実ニ愉快でした　御自在けんらんの御才華羨望《せんぼう》しても及びません　感歎《かんたん》するばかりです　しかし面白い脚色でした　正月二日御差支へ無ければ御遊びニおこし下さい　何も趣向ハありませんが。お母様ニよろしく仰《おっ》しやつて下さい

十二月十八日　　　　川端康成

三島由紀夫様

*昭和28年12月、「地獄変」中村吉右衛門劇団により、歌舞伎座で初演。

昭和二十九年四月二十日付
鎌倉市長谷二六四より東京都目黒区緑ケ丘二三二三あて

せつかくおこし下さつたのにまた留守の時で残念でした。

難行苦行、絶望を深めるやうな仕事、とにかく片づけて、これから帰ります。青葉のころは例年心身共にいけません。若い時は暑い時、それも酷暑が却つて心気さかんになるやうな反抗でよかつたのですが、このごろは冬の方がましになりました。なんとか仕事ぶりを改めたいと思ひます。厭生的《えんせいてき》になるばかりですから。*新潮のみづうみもやけくそですが、一向作品がやけくその表情も出ないので。しかしともかく菅原君は上手に書かせてくれます。

西川鯉三郎《こいさぶろう》さんの踊りの台本を頼まれて大弱りして居ます。およそ歌ふものは書いたことがないので。

留守のおわびまでに。

二十日　　　　川端康成

三島由紀夫様

＊昭和29年1月号より、「みづうみ」（《新潮》）の連載始まる。

昭和二十九年十一月二日付
東京目黒緑ケ丘二三二三三島由紀夫より鎌倉市長谷二六四あて（速達）

先日はお手紙をありがたうございました。お蔭様《かげさま》で*賞を受け、父母も大へん喜んでをります。厚く御礼申上げます。

さて又々小生の道楽の芝居を書きましたので、もし御暇がございましたら、御笑覧下されば倖《しあわ》せに存じます。昼の部の演目は、一、桜丸道行、二、珠取譚《たまとりたん》（吉井勇氏新作）、三、太功記十段目 四、黒塚、五、鰯売恋曳網《いわしうりこいのひきあみ》（小生新作）にて、小生のは、午後三時ごろからと存じます。お伽草子《とぎぞうし》からとつた笑劇でございます。

先月は、小説の調査旅行に月末いつぱいまで出かけてをりまして、御返事がおくれ、失礼いたしました。新潟県と福島県の国境の奥只見《おくただみ》のダムを見にゆき、通路工事の現場を見物してゐましたところ、「発破《はつぱ》だッ」と現場監督がかけて来まして、あわてて崖《がけ》のかげにかくれました。一寸《ちよつと》スリルでした。毎日酒ぜめでお腹《なか》をこわしました。

では又九日にお目にかかるのをたのしみにいたします。私は自分の芝居の前の幕間《まくあい》に、御挨拶に上ります。

御奥様に何卒よろしく。

二日　三島由紀夫

川端康成様

＊『潮騒《しおさい》』により、第一回新潮社文学賞を受賞。

昭和三十年二月八日付
鎌倉長谷より東京都目黒区緑ケ丘二三二六《ママ》あて

先刻歌右衛門との御対談拝聴テレビで無いのハ残念　マレンコフ辞任騒ぎの中ニ挟まれて妙趣半々です　*船遊女《ふなゆうじょ》の切符お送りいたします　栄寿郎助六出演のため夜の部の中ごろニなります

二月八日　　　　川端康成

三島由紀夫様

*西川流舞踊劇「船遊女」

昭和三十年二月十一日付
東京目黒緑ケ丘二三二三より鎌倉市長谷二四六《ママ》あて

本日お手紙を頂戴いたしまして有難うございました。ラヂオをお聴き下さいました由《よし》、寡黙《かもく》な歌右ヱ門丈に喋《しゃべ》らせるので大骨折でした。申しおくれましたが、鯉風会《りふうかい》の切符を洵《まこと》に有難うございました。「船遊女」（実にいい題でございますね）は、評判のものにて、拝見をたのしみにいたしてをります。*莟会の切符も同封いたしました。もしお暇がございましたら、御家族連れで御覧いただければ幸甚《こうじん》に存じます。明日も、カブキ座のハネのあと、夜中の十一時から立稽古《たちげいこ》で、仕事に差支へて大弱りです。

母からもくれぐ〵もよろしく御礼を申上げてくれと申してをります。母はこのごろ更年期の更チヤンで、しよつちゆうガタ〳〵してゐますが、十七日も、熱でも出ませぬ限り、一緒に参ります。劇場でお目にかかるのをたのしみにいたします。

十一日　　　　　三島由紀夫

川端康成様

＊昭和30年2月、「熊野《ゆや》」を莟会《つぼみかい》により歌舞伎座《かぶきざ》で初演。

昭和三十年十二月二十二日付
鎌倉市長谷二六四より東京都目黒区緑ケ丘二三二三あて

拝啓 昨夜帰宅いたしまして面白いスタンドいただいて居る事知りました いろいろと頂戴物をいたすばかりでと家内も申して居ります お心におかけ被下《くださり》お礼申します 今夜ウヰンの少年団の歌聞いて帰りましたところです いづれ拝眉《はいび》を楽しみにいたします

＊群像三津五郎とのお話ハ近ごろの名対談と存じました

十二月廿二日 川端康成

三島由紀夫様

＊坂東三津五郎との対談「日本の芸術（一）」（《群像》昭和31年1月号）

昭和三十一年十月二十三日付
鎌倉長谷二六四より東京都目黒区緑ケ丘二三二三あて

拝啓、今日Knopf社のStraus氏から航空便でSnow Countryが一部とどきました。$1.25といふ廉価《れんか》本（高いのに驚きますが）で、表紙の芸者の絵にはおどろきました。また、裏表紙の私の履歴にremarkable young writers as Yukio Mishimaをhas discovered and sponsoredとあるのにも驚きました。あなたにすまない気がします。body-buildingや重量あげにdevotingしてゐないせゐですか。いづれは私の名は文学史上にあなたをdiscoverしたといふ光栄なまちがひだけで残るのかもしれません。とにかく、私のことについてなにかといへばあなたに御迷惑、[*1]「亀《かめ》ハ兎《うさぎ》に追ひつくか」を拝見しても、度々書かせに来られる御迷惑を思ひます。

菊池寛氏の銅像除幕式ニ出席のため、昨日高松ニ立つ筈《はず》のところ、一昨日、朝から胃けいれん風の痛みで衰弱してしまひ（先月よりの風邪抜けぬうちに、このやうな胃のいたみ、これで今月三回目）、一昨日昨日、床につきがちで、兎と亀を拝見出来たのは、病気の楽しみでした。[*2]作家の休暇でもこれでも私には非常ニおもしろいといふより教へられるところあります。[*3]「自己改造の試み」の文体報告にもおどろきました。

[*4]朝日の小説も近く終りますが、執筆中なさけ無く、新聞小説で三年ほど無駄ニしたやうです。これから怠だながらなニか試みて行きます。これまでのものは習作とも言へぬほどの練習として。さういふと人は笑ふのですが、さう思つて居るのです。しかし、来年の九月まではペンクラブの東京大会でだめでせう。キインさんから手紙が来て、潮騒ハベストセラアになつたさうですね。斜陽はベストセラアになりさうなか《ママ》好評とか。斜陽について Stockholm と Helsinki と Paris と Oslo の出版社から照会が来ました。アメリカの太宰訳をれんらくしてあげたところから、私が太宰版権の agent と思はれて居るらしいのです。私の千羽づるもドイツ訳を見てフランス訳が出るやうです。しかし、雪国や千羽づるのやうな小説が西洋ニ訳されたところで、どうでせうか。出版社と book レヴユウはもつともらしく解釈するのに苦心して居るやうです。

右、亀と兎のお礼のついでに申しあげました。金閣寺の本になるのを楽しみニして居ります。

十月二十三日夜　川端康成

三島由紀夫様

斜陽の照会がいろんな国から来ますので、今夜ハ「斜陽」を読んでみて居ます。

来年の春、世界一廻りの話ありますが、唖《おし》とつんぼの旅行のつかれは気が重く、また一月ほど体が悪いのでどうなりますか。

あなたも少くともペンの会員であるといふことだけでも継続しておいていただけると幸ひです。

＊1 「亀は兎に追ひつくか？——いはゆる後進国の諸問題」（《中央公論》昭和31年9月号）。10月、村山書店より刊行。
＊2 書下ろし評論『小説家の休暇』昭和30年11月、講談社刊。
＊3 「自己改造の試み——重い文体と鷗外への傾倒」（《文学界》昭和31年8月号）
＊4 「女であること」を「朝日新聞」に、昭和31年3月16日より11月23日まで連載。

昭和三十一年十一月一日付
東京都目黒区緑ヶ丘二三二三より鎌倉市長谷二六四あて

御手紙ありがたうございました、
御無沙汰《ごぶさた》をつづけてをりまして、申訳ございません、
胃がお悪い由、心配いたしをります、私も外国旅行中、あまり喰べ物があぶらつこくて量が多く、たび／＼胃痛を起し、ホテルの一室で、一人で胃を抱へて、心細く夜明けを待つたものでございました、私の胃痛は、朝まで我慢すると治る妙な胃痛ですが、決定的な薬はありませんでした、福田恆存さんもしよつちゆう胃に苦しめられてゐるやうですが、友人のすすめるのは、お酒とか運動とかばかりで、すぐに実行できる療法のないのが難でございます、軽い運動をなさるのがいちばんいいのではないでせうか、日本体育大学の生徒でもお呼びになつて、毎日ごく軽い体操をなさつてはいかゞでせうか、もしさういふお気持がございましたら、日体の教授に連絡して御便宜をはかるやうにいたします、どうも世の中に体操ほど、無害有益な薬はないやうです、
「雪国」と「千羽鶴」の外国での御出版をお慶《よろこ》び申上げます、アメリカ人もなか／＼バカではありませんから、わかるところはわかると思ひます、却《かえ》つて欧洲人《おうしゅうじん》の方が、頭が

硬化してゐて、日本文学に対して、柔軟な理解力を欠いてゐるのではないでせうか。小生のところへ先日、この夏東大セミナーで来日したとき会つたMark Shorer氏から来信あり、Hercourt, Brace & Co.,で、ドナルド・キーン訳で「太陽の季節」を出すべく、石原君と契約交渉中で、キーン氏はこの訳に大へん乗気だ、とありました、そして註釈がついてゐて、「石原は、米国青年層には無害である。それは既にみんななされてしまつたことであるから」とありました。なほクノップのストラウス氏は、来年三月ごろ来朝する由です。小生の「潮騒」は一週間だけNew York Timesのベスト・セラー欄に出たさうですが、一週間で消えた由です。小生は飜訳者《ほんやくしゃ》ウエザビーが、あまり金のことでゴタ〳〵云《い》ふので、手を切りました。新らしい飜訳者を、次は見つけなければなりません。外国人といふ外国人が、みんなウエザビーのやうな、お金ノイローゼでもあるまいと思ひます。

　自分のことばかりになりますが、七日ごろ豪華本「金閣寺」といふ成金趣味の金ピカ本が出来ますので、それをお送りいたし、普及版はお送り申上げません。なほ、十一月廿七《にじゅうしち》日初日で、文学座で「鹿鳴館《ろくめいかん》」といふ芝居をやりますので、御覧いただけたら、どんなにうれしいかと存じます。御都合のよろしい日と、御人数をおしらせいただけましたら、切符をお送りいたします。このごろのテイーン・エイジヤーは、「鹿鳴館」が

よめず、「『カメイカン』の切符はいつから前売ですか」などといふ電話があり、宿屋の名前だとでも思つてゐるやうです、

以下は半分ゴシップですが、文学座の役者のなかにも、「今度何て芝居をやるの？」ときかれて、「ナナメイカン」と答へ、相手がポカンとしてゐると、丁寧に自分で指折りかぞへてみて、「あ、ちがつた、ロクメイカン」と云つた豪の者がある由です。

それはさうと、中公の評判の「楢山節考《ならやまぶしこう》」はお読みになりましたか？　一読肌に粟《あわ》を生ずるイヤな小説で、あれの載つた中央公論には、さはるのも気味がわるく、そのうち映画になるさうですから、その上映中は映画館の前を通れますまい、あんなに気持を悪くさせる文学は、一寸《ちよつと》反則ではないかと思ひます、

「猫と庄造と二人の女《ママ》」といふ映画は、ごらんになりましたか？　小生があまり猫を可《か》愛《わい》がるので、家の女中があの映画を見て来て、「若旦那様《わかだんなさま》とそつくりですねえ」と申しました、今、このお手紙を書いてゐるあひだも、一貫目以上の猫が小生の膝《ひざ》の上に眠つてをり、バーベルのやうな重さです、

では向寒の折柄、何卒《なにとぞ》御身御大切に、

十一月一日　　三島由紀夫

川端康成様

昭和三十二年二月七日付
鎌倉市長谷二六四より東京都目黒区緑ケ丘二三二三あて

先刻寒雨中 Mr. Beaton 見えました 大四君*1の祖父の書の屛風《びようぶ》（玄関）の前などで写して貰《もら》ひました Mr. Murray の来たのもアメリカに帰る前の日でした Murray さんハアフガニスタンのハツダの仏頭によりかゝらせたりして写しました。貧寒な顔の文化輸出など妙な事になつて来ました あなた位の若さだとよかつたのにとまた思ひました

神西*2さんハ悪いやうですね

Mr. Beaton 曰《いわ》く、時間を定めて仕事して居るか、女房答へて、ペンクラブで忙しくて仕事ハ休んで居る Mr. Beaton 曰く、なるべくそんな事ハしない方がいいですね

四月ごろペンの客引きに外遊しようかと思ひますが洋食を食べると腹をこはすこのごろです また沙汰《さた》止みでせう 昨夜解釈と鑑賞*3の西洋と東洋読んでからついでニ皆読んでみました 毎々御煩《わずら》はせします もうお断り下さつて結構です 金閣*4の賞のお祝ひハ申すまでも無い事 とおくれました Mr. Straus が来ましたらいつしよにお会ひしたいと

存じます　御母様によろしくお伝へ下さい　堀田善衞さんの家が焼けて間もなく御母様づれの石原慎太郎さんと横須賀線ニ乗合せました

二月七日　　　　　　　　　　　川端康成

三島由紀夫様

＊1　巖谷《いわや》大四の祖父、巖谷一六。貴族院議員、書家としても知られた。

＊2　神西清。昭和32年3月11日没。

＊3　「川端康成の東洋と西洋」（《国文学・解釈と鑑賞》昭和32年2月号）

＊4　『金閣寺』により、第八回読売文学賞を受賞。

昭和三十二年三月二十一日付
鎌倉市長谷二六四より東京都目黒区緑ケ丘二三二三あて(速達)

種々難有《ありがた》く存じます Encounter社で今月三十一日歓迎パアテイを催してくれるといふ電報でせめて御高作訳だけでも読んで居ります途中 上智のロオゲンドルフ神父と会食 御上演の話しましたところ自分も招いていただけないかお頼みしてみてくれとの事 Encounter誌ハ借覧されました お差支へなければお願ひいたします 千代田区麹町《こうじまち》紀尾井町上智大学ロオゲンドルフ

三月廿一日 川端康成

三島由紀夫様

千羽鶴の書評沢山送つて来ました 日本文学珍らしくていたはるのでせうが大体思ひの外の好評 しかしこんなのが現代日本文学の見本と考へられる弊ハあり、訳者の八代佐地子を多くハ男として居るといふ風

昭和三十二年六月二十九日付
鎌倉市長谷二六四より東京都目黒区緑ケ丘二三二三あて

御出発近づき羨《うらやま》しく思ひます　私も来年の春アメリカからまた欧洲へ行きたいのですが今の様子でハ旅費の調達が覚束《おぼつか》ないやうな不安です
欧洲に居た時ハ自由開放、帰ると「地獄」、梅雨空の暗さ重さです　心理生理の両方、湿気ニやりきれません
御旅のはなむけニ何かと考へながら智慧《ちえ》もなく殺風景の実用品御祝ひのしるしニ同封いたしました

六月二十九日　　　　川端康成

三島由紀夫様

御近著美徳のよろめき、ブリタニキユス難有く拝受、私もペン大会がすめバ仕事を一新したいと思つては居ますが

昭和三十二年七月七日付
鎌倉市長谷二六四川端宅での手渡し

先日はお手紙及びまことに重宝なる御餞別《おせんべつ》をいたゞき、ありがたうございました。
一寸《ちよつと》御挨拶《ごあいさつ》に上りましたが、御不在でいらつしやいますので、これを書いてまゐります。
＊出発まで時日もございませんので、もう一度伺へないのが残念ですが、元気で行つてまゐります。
ペン大会まで御多忙のことと存じますが、何卒御養生御専一を祈り上げます。
又彼地《かのち》よりお便り申上げます。

七月七日　　三島由紀夫

川端康成様

＊7月9日夜、クノップ社の招きでアメリカへ出発。

昭和三十二年七月二十九日付

アメリカニューヨークシティグラッドストーン方三島由紀夫より鎌倉市長谷二六四あて

ニューヨークへ来てから一週間たちました。

ストラウス夫妻がよく面倒を見てくれます。殊《こと》にストラウス夫人が、見かけは怖さうですが、なか〳〵親切でよい人です。土曜からコネクチカットの彼らの別荘□《一字不明》よばれて、今朝ニューヨークへかへつてまゐりました。向うで、ノーマン・メイラー氏（裸者と死者）などに会ひました。ストラウス氏とは、よく川端さんのお噂《うわさ》をして□《一字不明》ります。氏の別荘のあるところは軽井沢とよく似てゐるので、もし川端さんがおいでになつたら喜ばれるだらう、と二人で話しました。

ニューヨークでは、芝居はむつかしいので、ミユージカルから見てゐます。しかし舞踏会の場面などが出て□《一字不明》ると、女の子たちがみんなきれいで、衣裳《いしよう》が立派で、日本の新劇のみすぼらしさが悲しくなります。

アメリカの食事がまづいといふのはウソです。高いものをたべたり、家庭料理をごちそうになつたりしてゐれば、絶対にまづくありません。

まあ、大体のんびり暮してをります。びつくりするほど面白いことも別にありません。

しかし日本のわづらはしさのないのは何よりです。酷暑の折柄、ペン・クラブのお仕事でお忙しいと思ひます。どうかお体をおいとひ下さい。

ドナルド・キーン氏が三十一日こちらを発《た》つて日本へ行きます。氏に行かれると心細いのですが、仕方がありません。氏とはほとんど連日会つてゐますが、実に親切によくしてくれます。パーティーの英語の会話に疲れて、氏とだけ、公然と、その席にゐる人の悪口を日本語で云つて大笑ひするのは痛快です。

ニューヨークで名を成すことはとても不可能だと思ひます。キーン氏によると、ニューヨークの人は、道ばたに白い河馬《かば》が寝てゐても愕《おどろ》かないのださうです。さういふ、何事にも興味を持たない、乾燥した有名人に大分会ひました。

奥様、お嬢様にくれ〴〵もよろしく。

七月廿九日　三島由紀夫

川端康成様

二伸　ここにはもうしばらくゐて中米へゆき秋に又ニューヨークへかへつて来ます。

昭和三十二年十二月二十一日付[*]
鎌倉市長谷二六四より東京都目黒区緑ケ丘二三二三あて
〈*この日付は、昭和三十三年一月二十一日の方が、内容からみて正しいと思われる。消印は三三・一・二三とある。〉（──『川端康成全集 補巻二』注より）

お帰りと知りお会ひしてお話うかがひたいとしきりニ思つて居ました　昨夜ハ芥川賞の会ニ出て居りまして残念でたまりません　家の者めいめいにいいお土産ありがたく存じました　近く機を得てお目ニかゝりたく御電話で御都合伺ひます　私もまた外国遊びの望みおさへ難いものあります　長いお旅のお疲お大事ニなさつて下さい　とりあへずお礼申上げます

十二月廿一日　川端康成

三島由紀夫様

昭和三十二年十二月三十日付*
鎌倉長谷二六四より目黒区緑ヶ丘二三二三あて（即日速達）
〈*この日付は、昭和三十三年一月三十日の方が、内容からみて正しいと思われる。消印は三三・一・三〇とある。〉（――『川端康成全集 補巻二』注より）

三橋美智也調作詞、御軽蔑《ごけいべつ》の確証のため御一見下さい。
舟橋君の「菊五」は六時ごろですが、私の「古里の音」*は九時前ごろからかと思ひます。席ははじめ取りませんでしたので、補助いすですが、カンリ室でなりと、御座敷のため帰つた芸者さんの席でなりと。

川端康成

三島由紀夫様

*昭和33年1月、舞踊劇「古里の音」を西川流鯉風会《りふうかい》が公演。

昭和三十三年二月九日付
鎌倉市長谷二六四より東京都目黒区緑ケ丘二三二三あて

拝啓 西川さんの夜帰りますと、橋づくしいただいて居りまして、早速拝見しました。橋づくしも面白いですが、私ハ女方[*1]と貴顕[*2]、――御説みすず書房の宗達[*3]は大変すぐれたものと存じます。――殊に女方は非常に好きです。

例のほんやくのお話、文芸家協会とペンの委員会ニ御出になるのもよろしいですけれども、考へると、アジア諸国から英訳短編をお取寄せになるといふ事務的のことですから、ペンの松岡洋子さん（目下事ム室ハ朝日新聞の七階）に連絡なさるだけでもいいかもしれません。松岡さんには話しておきます。

二月九日 川端康成

三島由紀夫様

＊1 「女方」（《世界》昭和32年1月号）

＊2 「貴顕」（《中央公論》昭和32年8月号）

＊3　「宗達の世界」（原色版美術ライブラリー114『宗達』（昭和32年7月、みすず書房刊に収録）

昭和三十三年七月二日付
鎌倉市長谷二六四より東京都目黒区緑ケ丘二三二三平岡梓あて

拝啓　昨日ハペンクラブの月例の会に出て居りましてまことに失礼いたしました　家内もあいにく北海道旅行中でございます　過日御令息たちがおいで下さいました時も折悪《あ》しく留守にいたして居りました
昨日ハ立派なフランス銀器いただきまして厚く御礼申上げます。
先日公威様瑤子様ニおこしいただきましただけで沢山でございましたのに御丁重ニ恐れ入りました　銀器ハ永く記念ニさせていただきます　右とりあへず御礼申上げます

七月二日　川端康成

奥様にもよろしく何卒《なにとぞ》

平岡梓様

昭和三十三年七月二十二日付
鎌倉市長谷二六四より東京都目黒区緑ケ丘二三二三あて

先夜ハ有難く*
私ハ主演女優ニも其他《そのた》の俳優舞台等ニも不満でどちらかと言へバ読んで居る時の幻想をこわされ《ママ》た方が多いやうです　朝吹三吉氏より泥棒日記いただきましたが朝吹氏の御住所御存じでしたらお教へ下さい
廿二日　川端康成
三島由紀夫様
どうも御仕事先ハ煩《わず》はせない方がいいやうで

*昭和33年7月8日、第一生命ホールにて、文学座公演「薔薇《ばら》と海賊」を観《み》る。

昭和三十三年八月二十六日付
長野県軽井沢町一三〇五より東京都目黒区緑ケ丘二三二三あて

お見舞ひのお手紙、今朝ありがたく拝見いたしました。今日、家人達と犬は車で、私は汽車で帰るはずで支度しましたが、颱風《たいふう》の放送で延しました。只《ただ》今夜の十一時前、颱風のニユウスばかり、野次馬気分もあつて一日聞きつづけて居ました。八月の初めに鎌倉で寝ついてから、高校野球のテレビ、プロ野球のテレビなど見つづけ、軽井沢に八月末来てからは、ラジオでプロ野球、相撲など聞くのが、なによりの仕事で、実はいい日々だつたといふのは内証です。何年も前から時々水落ちが夜中に痛み出し、近頃しきりとなり、胃とのみ思つて居たのですが、今度、痛みの時、胆のう《ママ》のはれて居たのを近所の医者に見つけられました。胆石症と言はれました。(石があるかどうかは分りませんが)長年の持病が分つてよかつたとも考へられます。軽井沢へ来てからも気持悪く、吐気がありましたが、三四日前から急によくなりました。胆のう《ママ》の痛みをくりかへして居るとすゐ臓癌《がん》になる恐れがあるから、胆のう《ママ》を切除しろとの医者の意見でしたが、「胆」がなくなるのは、修辞学上、古いこだわり《ママ》が少しあるやうで。しかし、胆ばかりでなく、五臓六腑《ござうろつぷ》が老化してゐるのかもしれません。仕事はまだ出発らしいものをしてゐないやうにと思ひますのに。

新夫人と御いつしよにお招きしなければと思ひながらおくれ、私アメリカ行きもおくくふ、仕事も捗《はかど》らなかつたのも、体のせゐと今は分ります。帰りましたら今度こそ。あなたの宗達歌右衛〈門〉のやうな文章は私にハ書けませんのは、いまさら仕方ありません。

颱風が落ちつけば帰ります。しかし病人といふことにしまして置きますので、御心配いただくことはないながら、病人といふことを内証では御承認下さい。

*婦人雑しのお母さまのこと感動しました。あれほどまでとは存じませず、おゆるし下さい。

十二時前、少し風が雑木の葉に、そよいで参りました。しかし信州は颱風の通ること少く、またこの山小舎《やまごや》は防風林にかこまれた形です。こちらは御安心下さい。御宅の被害のないことを祈ります。［十二時前、また颱風の予告です。］

キインは帰米の日に鎌倉によつてくれました。その日は寝床をあげました。御作戯曲、方々で上演の話は聞きました。

お父様・お母様、奥様によろしくお伝へ下さいませ。私の病気ハ先《ま》づ大丈夫で、実は近来になく体がよい調子なのかもしれません。(今日などは)

二十六日

川端康成

三島由紀夫様

＊「母を語る——私の最上の読者」(《婦人生活》昭和33年10月号、談話)

昭和三十三年九月二十五日付
東京目黒緑ヶ丘二三二三三島由紀夫より長野県軽井沢町一三〇五あて

すつかり御無沙汰《ごぶさた》いたしてをります。

実は新潮の菅原氏からききましたところでは、御加減が悪く軽井沢で御静養中の由《よし》、少しも存じませず、お見舞も申上げませんで、洵《まこと》に失礼いたしました。御静養の結果、御気分がおよろしいやうでしたら、何よりと存じます。昨秋病中御見舞状をいただいた父や、母も家内も、御案じ申上げてをります。小生もこのごろ編集者業を兼業いたしまして、「歌右ヱ門写真集」*1やら雑誌「声」*2やらの仕事をしてをりますが、どちらにも、御原稿をいただきたくてうづうづしながら、御遠慮申上げてをります。御心配いただきました結婚生活にも完全に馴《な》れ、このごろは深酒や遅い帰宅をしなくなりましたが、あんまり好《よ》い癖をつけすぎて、あとで困りはせぬかと心配です。

この間横光象三君に会ひましたから、早く結婚しろ、とすすめておきました。独り者でゐる奴《やつ》を見ると癪《しやく》の種子で、むやみと結婚をすすめたくなる心理といふものがはじめてわかり、小生自身も、こんな社会的羂《わな》に引つかかつたか、といふ気もします。

御帰京後ぜひ御見舞と申しても大仰ですが、御無沙汰をお詫《わ》びかたがた、伺ひたいと存じてをります。

御奥様にくれぐれもよろしく。

何卒かへすがへすも御養生御専一に願ひ上げます。

匆々《そうそう》

九月廿五日　三島由紀夫

川端康成様

＊1　昭和34年9月、写真集『六世中村歌右衛門』を編纂《へんさん》。同書に「六世中村歌右衛門序説」を発表。

＊2　昭和33年10月、「鏡子の家」第一章、第二章を季刊誌《聲》（編集同人・福田恆存、大岡昇平、中村光夫、吉田健一、吉川逸治、三島由紀夫）創刊号に発表。

昭和三十三年十月三十一日付

東京目黒緑ケ丘二三二三三島由紀夫より鎌倉市長谷二六四あて（速達）

前略先日御約束申上げました如《ごと》く、父母と話し合ひ、*御入院に必要の品目をおしらせ申上げます。

㈠寝具類

一、ベット《ママ》の藁蒲団《わらぶとん》の上に敷く敷蒲団二枚

一、毛布二枚

一、羽根蒲団一枚

一、敷布四、五枚　□一字不明　36 65

一、枕《まくら》

一、枕掛四、五枚

一、円座

一、下着類

一、浴衣《ゆかた》五、六枚

一、普通のタオル十枚 ｝非常に汗をかくときの用意

一、湯上りタオル二枚
一、手拭《てぬぐい》二枚
一、どてら一枚
㈡洗面及び身の廻り品
一、ビニール風呂敷《ふろしき》大小二枚
（食事の時の膝掛《ひざかけ》や洗面の時必要）
一、衣紋掛《えもんかけ》二三本
一、氷枕
一、懐炉
一、湯たんぽ二ケ
一、鋏《はさみ》と爪切《つめき》り
一、ナイフ
一、糸と針
一、洗面道具一式（歯磨、歯刷子《ブラシ》、洗面器、
化粧石鹸《せっけん》、髭剃《ひげそり》道具）
一、洗濯石鹸
一、バケツ一ケ

一、雑布《ママ》二枚
一、古新聞紙沢山
一、ちり紙
一、鏡
一、安全ピン
一、スリッパ数足
一、流しのゴミ入れ
一、差込み便器
一、しびん

㈢台所用品及び附添・見舞客用品

一、ふきん二、三枚
一、お茶道具一式（急須《きゅうす》と茶碗《ちゃわん》）
一、お菓子器
一、魔法瓶
一、孫の手
一、割箸《わりばし》沢山

一、お盆二、三枚一組
一、灰皿とマッチ
一、御飯茶碗（病人用）
一、お椀《わん》（病人用）
一、お皿数枚（病人及び接客用）
一、コップ数個
一、爪楊子《つまようじ》
一、薬罐《やかん》
一、蓋物《ふたもの》数ケ（カンヅメをあけた場合など）
一、大匙《おおさじ》｝病人及び接客用
一、茶匙
一、吸呑《すいのみ》二ケ（病人用）
一、食塩
一、砂糖
一、醤油《しょうゆ》
一、味の素

一、焼海苔《やきのり》
一、梅干
一、紅茶
一、番茶
一、米一升（ふいに重湯などを作るとき）
一、水こぼし
一、罐切り
一、果物ナイフ
一、栓抜き
一、おろしがね
一、タワシ《ママ》
一、鍋《なべ》中小各一ケ（スープや牛乳をあつためたりお粥を作るため）
一、魚焼器一ケ
一、フライパン一ケ
一、小さい俎板《まないた》とホウ《ママ》チヨウ《ママ》
一、スタンド（親子電球の）

一、花瓶大型数ケ（見舞の花）
一、座敷《ママ》団五、六枚
一、ゴザ三枚
一、折畳み式小椅子《こいす》三、四脚
（上野松阪《ママ》屋から病室まで届けます。一脚五、六百円程度）

○～～～～○

　右のほとんどの品は、上野松阪《ママ》屋（月曜定休）で揃《そろ》ふさうでございます。御入院の前日にでも松阪《ママ》屋へお越しになり、家庭用品部の主任級の店員を一人お決めになつて、その人に案内させながらお買ひ求めになつて、まとめさせておき、御入院の直後に、こちらからその主任に電話をかけ次第、即刻病院へ届けさせる手筈《てはず》になさるのが一等よろしいのではないかと父が申してをります。

　といふのは、たとへ予約してある病室でも、患者の入院まではカギがかけてありますので、物品持込みは、そのあとでないとできませぬ。

　右の品々お取り揃へのため、御差支へなければ、母がお伴して、お手伝ひさせていただきたいと申してをります。

なほ病院内には食堂、果物屋、薬屋、雑貨店、貸テレビ店、理髪店、等あります。貸テレビ店の品物はあまりよくありませんが、アンテナを張つたり、その他の点で、病院と馴《な》れ合ひ、手続がスムースにゆく利点があるやうでございます。

○〰〰〰〰〰○

御病人は御自宅よりの御食事をなさり、病院の御食事はなさらぬことと存じます。私共では、病院提供の患者用の食事は、附添看護婦にやつてをりました。附添は、それだけ食費が軽減されるので喜んでをりました。

看護婦その他に対する心附のことについては、御入院の節、母が参上、御参考までにお伴いたしたいと申してをります。

以上父母の入院の経験からの御報告でございますが、差出がましい点がございましたら、何卒不悪御寛恕《なにとぞあしからずごかんじよ》下さいませ。

父母も家内も、ひたすら御容態をお案じ申上げ、一日も早い御本復をお祈りいたしてをります。

十月 卅一日《さんじゅういち》　　三島由紀夫

川端御奥様

＊昭和33年11月、川端夫妻はともに東大病院木本外科、沖中内科に入院した。

昭和三十四年二月五日付
東京目黒緑ヶ丘二三二三 三島由紀夫より鎌倉市長谷二六四あて

御手紙ありがたうございました。その後、御無沙汰ばかり重ね、御退院のことも存じませず、お手伝ひにも伺ひませんでしたのは、ますら夫《ママ》派出夫会の怠慢にて、お詫《わ》び申上げます。

御退院を心からお慶《よろこ》び申上げます。手術はいづれ折を見てゆつくりなさればよいことで、そのまま龍安寺石庭を御保存なさるのも風流かもしれません。いづれにせよ、原因を究明してゆつくり御養生なさつたことは、何よりよかつたと存じます。我々も本当に安心いたしました。

奥様も御心配のない御容態の由、安心いたしましたが、御一人で病院にお残りとは、さぞ御不便でございませう。何か御不自由なことがございましたら、何でも御申しつけ下さいませ。

小生のはうの近況を申上げますと、一家中すこぶる元気で暮してをりまして、小生の書き下ろし[*1]の仕事も、半分を通り越し、やうやく七月頃出来上る見とほしがつき、ほつとしてゐるところでございます。書き下ろしも、進んでゐるときは、「こんないいものはない」と思ひますが、一旦《いつたん》捗《はかど》らなくなると、「こんな辛《つら》いものはない」と思ひ、しよつちゆう心境の変化があつて、千枚に辿《たど》りつく迄《まで》には途中できつといろ〳〵山坂があるでせう。

「文章読本」[*2]は「もう少しふくらまして本にするやうに」と御教へいたゞきましたが、残念乍《なが》らその暇もなく、速記くさい文辞に手を入れるだけで、本にしてしまふことになりさうです。もつとも「質疑応答」といふ一章を補ひます。

アメリカではキーンさんの訳して下さつた「近代能楽集」は今までに70部（！）売れたさうです。これに引き代へ、ウエザビー氏訳の「仮面の告白」はもう五千部近く出ました。やつぱり芝居はアメリカでも売れません。

大森に建築中の新宅へは五月頃引越すと存じますが、家具などなか〳〵揃ひさうもなく、御招きできるのは夏頃になるかと存じます。珍住宅ですから、ぜひ見ていたゞきたいと存じてをります。

では又近日中お目にかかる節、いろ〳〵お話し申上げたく。　匆々

二月五日　三島由紀夫

川端康成様

＊1　昭和34年1月4日、「鏡子の家」第一部を脱稿、同月5日、第二部を起稿。9月、第一・二部を新潮社より同時刊行。

＊2　昭和34年1月、「文章読本」を《婦人公論》別冊付録として発表。6月、中央公論社より刊行。

昭和三十四年四月十六日付
鎌倉市長谷二六四より東京都目黒区緑ケ丘二三二三あて

拝啓　金閣寺の英訳本*ありがたく拝受　出来上りを御同慶の至りニ存じます　かねてからこの御作は最も外国語訳が望ましいと存じて居りましたし海外の反響も期待されます　造本も包装画の他ハ先《ま》づ結構と安心いたしました　挿絵ハ私の雪国千羽鶴などと同じ婦人ですが二世か三世なのでせうか　私アメリカ国務省の人物交流局から今年中ニ二ケ月ほど来ないかとの招きを受けましたが腹中の小石群とのかねあひで迷つて居ります　今ハもう国外漫遊の他ニ楽しみとてないのですが　御心配いただきました家内もお蔭様《かげさま》でよくなりまして昨日ハ皇太子のお祝ひニ出席の後鎌倉泊り今日ハあづまをどりを見て病院ニ帰りますが近く退院いたします　五ケ月ほど病院ニ居りました
御母様はその後お障《さわ》りありませんか　奥様の御身御大事ニなさつて下さいませ
四月十六日　川端康成
三島由紀夫様

＊"The Temple of the Golden Pavilion" 昭和34年4月、クノップ社よりアイヴァン・モリスの英訳で刊行。

昭和三十四年九月二十日付

長のけん軽井沢町一三〇五より東京都大田区馬込東一ノ一三三三あて

拝啓　暗夜行路の試写会などで十六日鎌倉ニ帰りましたら紀子様の御内祝を頂戴《ちょうだい》して居て痛み入りました　原稿の〆切《しめきり》におくれまた始終前借をいたします悪習とおゆるし下さい　新潮[*1]の御日記に三大事業を御完成と読み私ハ一生遂に出来ない事と感じました　新潮[*2]の文学全集でまたお煩《わずら》はせしてお礼申上げます　しかし大いに内心特別扱ひいたして居るつもりなのです　近刊の週刊誌でオードリイ・ヘプバアンが胆石の痛みで夜中ニ寝台からころげ落ちたと読み私も切り取る事がまた惜しくなりました　去春《ママ》渡米ブラジルに行き更ニロオマのオリンピックニ廻れた〈ら〉などと考へて居ます

とりあへずお礼申上げます

九月廿日　　川端康成

三島由紀夫様

＊1　「日記——裸体と衣裳《いしょう》」を《新潮》に、昭和33年4月号より昭和34

年9月号まで連載。

＊2 「川端康成氏再説」（日本文学全集30『川端康成集』月報。昭和34年7月、新潮社刊）

昭和三十四年十月五日付

大阪にて三島由紀夫より神奈川県鎌倉市長谷二六四あて

お手紙ありがたうございました。只今《ただいま》、新潮社のサイン・パーティーなどの用事で大阪へ来てをります。久々の、のんびりした愉快な旅です。仕事を持たずに来たので、外国へ行つたみたいです。このところ少々忙しすぎました。さすがの小生も夏バテのあとでヘンテコリンな体具合でした。全く何も仕事をしたくない心境でした。

母も甲状腺《こうじょうせん》の精密検査のため只今ドック入りで、これがすめば、投薬も全く科学的に正確になり、ホルモンのバランスがとれるやうになると存じます。入院まではいやがつた母が、入つてからは、のんびりして大喜びで、こつそり病院を抜け出して長唄《ながうた》の稽古《けいこ》に行つたり、大いにエンジヨイしてゐるやうでございます。

永らく売れないで困つてゐました緑ケ丘の旧宅も売れ、身辺何となく落着きました。

実はこの間、[*1]週刊朝日別冊にお書きになつた睡眠剤の随筆を拝見し、大へん心配してをりましたところ、たま〳〵会つた舟橋聖一氏もあの随筆の内容から、川端さんの御健康を案じてをられました。まことに差出がましい申上げやうかもしれませんが、何卒《なにとぞ》ここらで、ひとつ根本的に御養生、御治療下されば、どんなによいことかと存じます。

妻も赤ん坊も元気すぎるほど元気に暮してをります故《ゆえ》他事乍ら御休心下さい。赤ん坊[*2]は小生の顔を見ると、やたらにニヤニヤ笑ふのでキミが悪いです。

奥様は近頃如何《いかが》お暮しでいらつしやいますか、お伺ひ申上げます。

では秋冷の候、くれぐ〵も御身御大切に。

三島由紀夫

十月五日

川端康成様

＊1 「眠り薬」（《週刊朝日別冊》昭和34年9月1日号）
＊2 昭和34年6月2日、長女・紀子誕生。

昭和三十四年十月十三日付
鎌倉市長谷二六四より東京都大田区馬込東一ノ一三三三あて

大阪からのお手紙、いつも御心づかひありがたく存じます　紀子様がもうお笑ひになる由一度拝見に伺はせていただきます　お母様はもう何の御心配も無いものと存じて居りましたが御大事になさつて下さい　私今年は軽井沢へ眠り薬をやめる計画で参つたのですが八月中来客多過ぎる事などで成功いたしませんでした　今朝の新聞（産経）に出て居ます「恐怖の睡眠薬V（Valamin）」といふあれであらうと思ひます　つまり眠り薬が麻薬、覚醒剤《かくせいざい》の代役をつとめる事になつて来るのを私も恐れて居ります　いつか眠り薬を飲んだ後で原田康子さんに手紙を書いて出したのなどは大失敗でした（文面は多分まともだつたのだらうと存じますが）御言葉もありせいぜい養生いたします

九月三十日ニ軽井沢から引上げて参りますと鏡子の家をいただいて居りました　序文*を書くための校正刷二つ読みつづけて居りました　まだ御作には入れません　序文が早くすむ事を待つて居る次第おゆるし下さい

家内は沖中内科（日本）臨床第一号とかいふ病気（？）の方がどうもはつきりしないでその軽い症状が時々出ます　私は来年五月までニ渡米、南米からロオマのオリンピツ

クなどと考へて居りますがどうなりますやら

十月十三日　川端康成

三島由紀夫様

＊「幸福の谷」（野上彰『軽井沢物語』昭和34年10月、三笠書房刊の序文）と沢野久雄『風と木の対話』（昭和34年11月、雪華社刊）の推薦文。

昭和三十四年十二月十一日付
鎌倉市長谷より東京都大田区馬込東一の一三三三あて

拝啓　貴重の珍味銀食よりありがたく拝受いたしました　先夜はこれといふ話も無くあなたと高見君の話術に感心するばかりで失礼しました
明土曜また中央公論の藤田君と京都ニ参ります　京都ニ来年から仮りの宿を得てしばらく見物したいのです　出来るならば新古今集の時代東山時代など書いてみたいもくろみもあるのですが何分御存じの怠け者ですから　十五日にハ横光文学碑の除幕式で伊賀の柘植《つげ》へ廻つて後帰宅いたします
山中の盆地で寒さニ恐れをなし電気毛布携への旅です
御両親様奥様にもよろしくお伝へ下さいませ

十二月十一日　　川端康成

三島由紀夫様

昭和三十四年十二月十八日付
東京都大田区馬込東一の一三三三三島由紀夫より鎌倉市長谷二六四あて

先日はお手紙をありがたうございました。本日は又、奥様が御来駕《ごらいが》下さいました折、生憎《あいにく》家内一同留守をしてをりまして、洵《まこと》に失礼を申上げました。その節、紀子に結構な頂戴物《ちようだいもの》をいたしまして、ピンクいろの面白い犬は早速ベッドに入れてやりましたところ、キヤツキヤと喜んでをりました。又よくアメリカ映画の中で赤ん坊が着てゐる面白い着物をいたゞき、当人より、祖母や母が大喜びで、今度外出の時ぜひ着せたいとさわいでをります。御心づくしの品々、洵に有難うございました。

此程《このほど》は京都に中世物の御取材の由《よし》、嶋中氏よりも伺つてをりましたが、終戦直後より、「義政時代の話を書きたい」といふお話を伺つてをりましたので、その御作を一日も早く拝読できる日をたのしみにいたしてをります。

先頃の座談会では、御顔色もまことによく、御元気なお姿を拝見し、何より安堵《あんど》いたしました。このごろはどこへ行つても俳優業[*1]のことをからかはれ、今さら世間が怖くなりました。(これは嘘《うそ》)

足かけ二年がかりの「鏡子の家」が大失敗といふ世評に決りましたので、いい加減イヤになりました。努力で仕事の値打は決るものではないが、努力が大きいと、それだけ失望も大きいので、あんまり大努力はせぬ方がよいかとも考へられます。中公*2の連載は「楽に楽に」と行くつもりですが、やはり書き出してみると、さうも参りません。材料の般若苑《はんにゃえん》の話が、裏話が集まれば集まるほど、面白すぎるので、材料負けの危険もあると思ひます。本当は一年ぐらゐ、遊んでゐるとよいのですが、日本にゐると、さうも参りません。

お正月に文学座*3で又怪劇をやりますので、もしお暇でも出来ましたら、御申し付け下されば切符をおとりいたします。今度のスペイン舞踊はたのしみですが、イヴ・モンタンのはうは、モスコオ芸術座と同じく、絶対レジスタンスで、聴きに行かぬ心算《つもり》です。

では御奥様にくれぐれもよろしく。

よいお年をお迎へ下さいますやうに

十二月十八日　三島由紀夫

川端康成様

＊1　昭和34年11月、大映と俳優として専属契約。翌年「からっ風野郎」に主演。

＊2　「宴《うたげ》のあと」を《中央公論》に、昭和35年1月号より10月号まで連載。

＊3　昭和35年1月、「熱帯樹」を文学座で上演。

昭和三十五年十一月二十四日付
アメリカ・ニューヨーク三島由紀夫より日本鎌倉市長谷二六四あて

出発以来すつかり御無沙汰《ごぶさた》いたしてをります。ホノルルではのんびりして、四日間、タガをゆるめるだけゆるめました。サンフランシスコでは二日間、遊べるだけ遊び、家内はシスコではじめて西洋へ来た気がして、大感激でした。ロスでは、生憎共和党の選挙本部のホテルに、ニクソン氏と同宿してしまひ、食事のサーヴイスもめちやくちやに遅く、選挙さわぎでホテル中が煮立つてゐて、とんだトバッチリを喰ひました。しかしデイズニー・ランドはとても面白く、世の中にこんな面白いところがあるかと思ひました。ニューヨークへ着いてから、もう二週間になりますが、ここでは御存知のやうにアポイントメントだらけの生活で昼寝のヒマもありません。

伊藤整[*1]氏にお目にかかりましたが、氏も、川端さんの御忠告に従つて、昼寝を励行して、体をいたはつてゐる、と言つてをられました。有吉[*2]さんはヨーロッパへ行つてゐるとかで会へませんでした。――アスター・ホテルは何しろタイムス・スクエアーのどまんなかですから、夜おそくホテルへかへつて来ても、まだ外を人が一杯歩いてゐて、寝るのが惜しくなります。フオービアン・バワーズさんの家で、グレタ・ガルボに会つたのは大感激でした。十二月二日にはヨーロッパに発《た》ちますが、やっぱり小生にはニューヨークが肌に合ってゐるやうです。
奥様、お嬢様にくれぐ〱もよろしくお伝へ下さい。

十一月二十四日　三島由紀夫

川端康成様

＊1　伊藤整は、10月からコロンビア大学の招きでアメリカに滞在していた。

＊2　ロックフェラー財団の招きで、昭和34年11月からニューヨークのサラ・ローレンス・カレッジに留学していた有吉佐和子。昭和35年8月、アメリカを発って、ヨーロッパ、中近東など11ヶ国を回り、11月に帰国。

昭和三十六年四月二十三日付
京都下鴨より東京都大田区馬込東一ノ一三三三あて

先日は新理事を選ぶ事など（顔ぶれニあまり異動はありませんでしたが）の総会の時間が切迫して居て失礼いたしました　芹沢君から文芸家協会の言論表現委員会の模様のあらましは聞きました　ペンの新理事会も多分文芸家協会と同じやうな態度を取るものと思はれます　来《きた》る廿八《にじゅうはち》日の新理事会で会長等の改選があり私は会長を交替したいと思つてゐますが誰が会長になりましたところで*宴の後《ママ》についての態度ハ変り無いでせう　私も理事としてハ残ります　芹沢君は三島さんの勝ちにきまつて居ると言つて居ましたがさうでせうか　私ハ四月のはじめのあの日ニ京の花を見残して帰り今度はまた新緑を見残して帰らねばなりません　会長の事がきまればちよつと新潟ニ行きまた京ニ引き返すつもりです　京奈良のあたりニは歩くところが多く町で自動車がこはくないのも助かります　訴訟ニついては私も出来ることはいたします　あるひハペンの理事会ニ御出席ねがつて一応の御説明を承るやうな事になりましたら何卒《なにとぞ》よろしく

川端康成

四月廿三日

三島由紀夫様

*『宴のあと』のモデル問題で、有田八郎元外相にプライバシー侵害で提訴され、4月15日には、文芸家協会の言論表現委員会に招かれて事情を説明した。

昭和三十六年五月二十七日付
京都市木屋町二条下ル其半気附より東京都大田区馬込東一ノ一三三三あて

拝啓　過日はわざ〳〵ペン*へ御出席下さいましたのニ余り要領を得ませず失礼しました　文芸家協会もペンクラブもあなたニ味方する事ハ明らかですが今さういそいで決議文とか宣言とかを出さない方がよいかもしれません　必要の時が来れば無論出すでせうさていつも〳〵御煩《おわずら》はせするばかりで恐縮ですが例ののおべる賞の問題　電報を一本打つただけではいろいろの方面ニ無責任か（見込みはないにしても）と思はれますので極簡単で結構ですからすゐ《ママ》せん文をお書きいただきませんか　他の必要資料を添へて英訳か仏訳かしてもらひあかでみいへ送つて貰《もら》ひます　右あつかましいお願ひまで　私この三十日夜の鞍馬《くらま》の五月の満月祭といふのを見て帰ります

五月廿七日　川端康成

三島由紀夫様

＊昭和36年5月16日、日本ペンクラブ代表に「宴のあと」問題について説明。

昭和三十六年五月三十日付
東京都大田区馬込東一の一三三三三島由紀夫より鎌倉市長谷二六四あて（速達）

お手紙ありがたう存じました。

先日ペンクラブではいろ〳〵お世話に相成り、お心づくしをいただきまして、厚く御礼申上げます。皆々様が味方に立って下さるお気持が実に有難く、心強く感じました。

さて、ノーベル賞の件、小生如《ごと》きの拙文で却《かえ》って御迷惑かとも存じますが、お言葉に甘え、僭越《せんえつ》ながら一*文を草し同封いたしました。少しでもお役に立てれば、この上の倖《しあわ》せはございません。又この他にも何なりとお申付け下さいますやうお願ひ申上げます。

小生このところ大分ノホホンとしてしまひ、あんまりいろんなことがあると、人間多少鈍感になるとみえます。お蔭様《かげさま》で一家変りなく過してをります。

承れば此度《このたび》
御奥様がソ聯《レン》へお出ましの由、御一家の進取の御気象に、今更唖然《あぜん》といたしてをります。御主人様がアメリカへ、奥様がソ聯へといふのは、正しく全世界的規模で、「トザイ東西」といふ感じにて、失礼乍《なが》ら洵《まこと》に愉《たの》しいニュースと存じます。

御出帆の節はぜひ御見送りをさせていただきたく存じます。

では御奥様にも何卒よろしく

三島由紀夫
匆々《そうそう》

五月 卅《さんじゅう》日

川端康成様

＊ノーベル賞推薦文。二三八頁参照。

昭和三十七年四月七日付
鎌倉市長谷二六四より東京都大田区馬込町東一の一三三三あて

拝啓 *集英社版御集の巻頭の御字大変みごとで立派私も書いていただきたくなりました紙をお送りいたしますから同じ言葉をお願ひいたします　身養生は私の場合もう手おくれかと思ひますが。今度の病気ハひどく記憶喪失は恐怖すべきありさまです　まだ足の裏など少々しびれ気味です　しかし明日春を見ニ京都へ行き定家卿《きょう》のあとのあたりも歩くつもりです
昨日外国向け放送で Seidensticker 氏とラジオ対談いたしましたがサイデン氏も夏にはアメリカへ帰つてしまふやうです

四月七日　川端康成

三島由紀夫様

*『三島由紀夫集』(新日本文学全集33、昭和37年3月、集英社刊)の口絵に収録された「葉隠」の一節「定家卿伝授に歌道の至極は身養生に極り候《そうろう》由《よし》」

昭和三十七年四月十七日付
鎌倉市長谷二六四より東京都大田区馬込東1の1333あて

お母様がなんとおつしやつても立派な御字です
御字をお母様がよしとされる時分にはもう私はこの世にをりませず地獄の鬼にさいなまれてハ身養生もないでせう
瘋癲《ふうてん》老人日記ハ「遺言状」（他聞をはゞかりますが）のやうな傑作ではないかとおどろきました　中村光夫君とも話した事ですが分載終回の分ハ蛇足ではないでせうかたゞし谷崎さんハあの老人を死なせるのはいやだつた　死なせるに忍びなかつたのではないかとの中村説でしたが
ノオベル賞推せん委員もたつきはおもしろいですね　日本側が気乗りしないらしいフランス作家たちが日本を推すとパリから手紙が来たりしました　まああなたの時代まで延期でせう
近いおめでたをおよろこび申上げます　奥様御大事になさつて下さい
四月十七日　川端康成
三島由紀夫様

私明日また京都へ参ります

昭和三十七年五月四日付
鎌倉市長谷二六四より東京都大田区馬込町東一ノ一三三三あて

京都から帰りますと御書と戯曲全集とをいただいて居て大変うれしい事でした[*1]　身養生はいささか脅迫がましい無心で書いていただきましました《ママ》がまことに立派な御字です　望みを御叶《かな》へ下さいまして御礼申上げます　まだ間に合ふやうでしたら身養生につとめます　戯曲集も新潮社へぜひ無心いたさうと刊行を待つて居りましたところいただきまして恐縮しました
[*2]奥様御安産なさいましたですか　御大事になさつて下さいませ

五月四日　川端康成

三島由紀夫様

＊1　『三島由紀夫戯曲全集』昭和37年3月、新潮社刊。
＊2　昭和37年5月2日、長男・威一郎誕生。

昭和三十八年九月二十三日付

軽井沢一三〇五より東京都大田区馬込町東一ノ一三三三あて

昨日午後の曳航《えいこう》鎌倉より転送拝受　昨夜ふけと今日とで拝読し終り今更ながらよくお見えのお目うらやましくあやからうと思つても及ばないことです　林房雄論を過日再読いたしました　Seiden ともいつか当代並ぶもののない批評家と意見一致したことでした　こちらで大岡昇平君と会ひました時大岡君曰《いわ》く面白かつたですね　私答へてまたやりませう

山中零度近くまでさがり冬模様、月末引上げます　すでニ人なき里でコロフ《ママ》歩きなどで身養生をと思ひましたがから秋から冬への足が早くては

この秋の外国旅行も金がなくて　しかしまだあきらめてをりませんので例ニより行きあたりばつたりでイタリイギリシヤへ立たないとも限りません

二十三日　川端康成

三島由紀夫様

昭和三十八年十月四日付
東京都大田区馬込東一丁目一三三三三島由紀夫より鎌倉市長谷二六四あて

前略

本日は思ひがけず軽井沢より子供に可愛《かわい》らしい鞄《かばん》をお送りいただき、厚く御礼申上げます。早速「幼稚園のピクニックへもつてゆく」と、大喜びで飛んだり跳ねたりしてをります。子供にまで御心をおかけ下さつて、恐縮に存じます。

この間は御丁寧なお手紙をありがたうございました。御多忙のところ、拙作にまでお目をおとほし下さつて、身もちぢまる思ひであります。

夏*1の間の編集会議は、小生も大岡さんと同じ感想にて、考へてみますと、文士でありながら、あれほど文学を語つたことは何年ぶりだらうか、といふ感じを抱きました。そしてわれ〴〵の世界は、政治家や実業家の世界に比べれば、なんと清潔で公的な世界だらうかと、改めて感じました。とにかく面白いことでありました。

この間取材*2で琵琶湖ホテルに泊つて、支配人に記帳をたのまれた際、御名前を拝見して、おなつかしく思ひました。プールで最新流行の水着の美女たちが、京都弁を使ふのは、一寸《ちよつと》幻滅でした。どうも水着と京都弁は合ひません。

只今《ただいま》*3文学座の芝居を書いてをり、一月には上演される予定でございますが、いつも変りばえのしない芝居にお誘ひするのもいかがかと存じますので、文学座からは御案内をさし上げませうが、小生からはわざと御案内を差上げません。来年五月に、小生台本、黛《まゆずみ》君作曲のグランド・オペラ「美濃子」を日生でやりますときは、大へん変りばえがいたしますので、そのときは進んでお誘ひ申上げようと思つてをります。

若い男女の主役を募集いたし、オーデイションをいたしましたが、顔がよければ歌わるし、歌がよければ顔わるしで、まだ決りません。つく〴〵天は二物を与へぬものと感服いたしました。

では秋冷の折柄御身御大切に。

匆々

十月四日　三島由紀夫

川端康成様

＊1　『日本の文学』（中央公論社刊）の編集会議。他の編集委員は、谷崎潤一郎、川端康成、伊藤整、高見順、大岡昇平、ドナルド・キーン。

＊2　「絹と明察」の取材のため、彦根・近江八景を旅行。

＊3 「喜びの琴」

昭和三十八年十月九日付
大森局区内（大田区）馬込《マゴメ》東一丁目一三三三三島由紀夫より鎌倉市長谷二六四あて（はがき）

前略 本日は結構なるプチ・フール菓子二箱御送りいただき厚く御礼申上げます。まことに美しい珍らしい御菓子にて一家大喜びいたしてをります。
秋冷の折柄、何卒御身御大切に遊ばしますやう、御奥様にくれぐ〳〵もよろしく
匆々

昭和三十八年十二月十五日付
東京都大田区馬込東一丁目一三三三三島由紀夫より鎌倉市長谷二六四あて

本日は実に愉《たの》しい贈物をいたゞき厚く御礼申上げます。イタリーの革細工はデザインや色合が卓抜で、これを食卓に飾つて、食後のリキユールをたのしみにしながら、食事をするのは一大快事でございます。

私事ながら、このところ、とんでもない騒動[*1]に巻き込まれ、仕事も十日間以上完全ストップ、その余波が来て、原稿で四苦八苦してをります。小生も大岡さんの影響をうけて、何の因果か喧嘩《けんか》男になつてしまひました。

この間、中央公論[*2]の御集の解説に当り、「千羽鶴」をしみ〴〵再読して、初読のときと全くことなる印象を与へられました。茶道及び日本的風雅の諷刺《ふうし》小説であるかの如《ごと》くさへ感じられ、感興新たなるものがございました。茶道といへば、本日、千宗興さんに会つたところ、外国旅行でお茶を教へた話ばかりするので、「そんな平和な静かな国ばかりへ行かず、南ヴイエトナムのやうな戦乱の巷《ちまた》へ行つて、耳もとを弾がかすめるやうなところでお茶を立てたらいかがです。それが本当のお茶でせう」と言つてやりました。

では何卒よいお年をお迎へ下さいますやう。一月二日にはぜひ伺はせていただきます。

匆々

十二月十五日　三島由紀夫

川端康成様

＊1 「喜びの琴」が文学座内の反対で上演中止となり、文学座を脱退。
＊2 『川端康成集』(日本の文学38、昭和39年3月、中央公論社刊)

昭和三十九年九月二十五日付
大森局区内（大田区）馬込《マゴメ》東一丁目一三三三三島由紀夫より鎌倉市長谷二六四あて

前略
御多忙中洵《まこと》に恐縮に存じますが、拙作「恋の帆影」を御高覧いただければ望外の倖《しあわ》せと存じ、切符二枚お送り申上げます。
匆々
九月廿《にじゅうご》五日
三島由紀夫
川端康成様

昭和三十九年十月十七日付

東京都大田区馬込東一の一三三三三島由紀夫より鎌倉市長谷二六四あて

本日は美味なる栗《くり》のお菓子を頂戴《ちょうだい》いたしまして、厚く御礼申上げます。甘すぎず、実に風味あり、もと〳〵マロン・シャンテイイーに目のない小生のこととて、大喜びで頂きました。お心におかけ下さつて、感謝に堪へませぬ。敗訴[*1]へのお慰めのお心もこもつて恭《ママ》けなく存じますが、やはりあの敗訴は小生の人徳のなさ故《ゆゑ》としか思へませぬ。社会的信用の絶無なること、われ乍《なが》ら愕《おど》くべきものがあります。

物好きからルポを山ほど引受け、連日のオリンピック[*2]通ひをしてゐるうちに、憂《う》さも晴れました。洵にオリンピックは時宜を得たるお祭でありました。反対しておかないでよかつたと思ひます。

この夏ごろより仏教が面白くなり、いろ〳〵本を読みましたが、いよ〳〵面白くなりました。こんなに、インテリには哲学的たのしみを、民衆には恐怖と陶酔を、同時に与へてきたものはありませぬ。小説（近代小説）は一度でも、仏教の如き、さういふ両面作用を与へることに成功したか、甚だ疑問であります。何とか仏教にあやかりたいものだと思ひます。

この間の芝居（恋の帆影）は、正直ガッカリでありました。変なものをお目にかけて洵に申訳ございません。

匆々

十月十七日

三島由紀夫

川端康成様

＊1　9月28日、「宴のあと」裁判、東京地裁で敗訴となり、即日控訴。
＊2　オリンピック東京大会の特別取材記者となり、各種競技の記事を各紙に発表。

昭和三十九年十二月二十二日付
東京都大田区馬込東一の一三三三三島由紀夫より鎌倉市長谷二六四あて

先日は御多忙中御来駕《ごらいが》を賜はり洵に有難う存じました。御覧のとほりの会合にて、十分おもてなしもできませず、失礼いたしました。

又、その節、マイヨールをすでに頂戴してゐるとは知らず、とんちんかんなことを申上げまして、御帰館後、頂戴した包みをあけてみまして、びつくり、こんな貴重なものをいただきまして、御礼の申上げやうもありません。室内に飾らせていただくか、室外に飾らせていただくか、いろ〳〵のところに置いてみてたのしんだのち、決めたいと存じ、ためつすがめつ眺めて大喜びをいたしてをります。庭にアポロがありますので、これに対抗して、女身像を据ゑるのも面白いかと思ひ、生活の大きな愉しみがふえました。心から御礼申上げます。

では、よいお年をお迎へ下さいますやう、新年二日には例年のとほり、ぜひ伺はせていただきます。

匆々

十二月廿二日　三島由紀夫

川端康成様

昭和三十九年十二月二十五日付
鎌倉市長谷二六四より東京都大田区馬込町東一の一三三三あて

しめきりにおはれるばかりでなく間に合は無くなるといふ悪習がお礼状にまでおよび先夜のお心づくしのお招きのお礼もまたあとさき逆になりお恥しい事です　福田家ごりのペン習字みたいな悶々《もんもん》に晴れ間を与へていただいた楽しさでした　それもまた時間を取りちがへました

早々に参上は御めいわくな失礼　奥様にもおわび下さいませ　レダは申上げました通り日本盗製で（彫刻の事ですから偽作ではないでせうが不十分の出来で）たゞ梅原さんのスケッチがお宅にありますゆゑ持参いたしましたのですからお庭の片隅にでもお置き下さい　*テレビ小説なるもの書かうとして自分の才能のなさに呆然自失《ぼうぜんじしつ》の態でをりますがまあ勉強のはじめと思ひ直してみてもをります　どうなりますことやらと存じながら正月三ケ日過ぎまた旅に出ます　二日におこし下さるのを楽しみにいたします　どなたでもおつれ下さつて結構です

とりあへずお礼のおくれおゆるしいただきたく

敬具

十二月二十五日　川端康成

三島由紀夫様

お子さまにお目にかゝれてうれしく存じました

＊昭和40年4月より、連続テレビ小説「たまゆら」がＮＨＫで放送。

昭和四十年二月二日付

東京都大田区馬込東一の一三三三三島由紀夫より鎌倉市長谷二六四あて

前略

新年に参上いたしました節はおもてなしにあづかり有難うございました。

旧臘《きゅうろう》、頂戴いたしましたマイヨールのレダ、大理石の柱をみつけて求め、一応この写真のごとく炉傍に飾り、たのしんでをります。

レダの近況御報告申上げる次第です。

拙宅、二月十日より改築工事にかかりますので、数ケ月一家引越を余儀なくされ、身辺ざわ〳〵して閉口してをります。

小生の連絡場所は、ホテル・ニュー・ジャパン九〇九号室の仕事場といたします。

落成の節は、ぜひ一度、御来駕《らいが》を賜はりたく存じます。尤《もつと》も屋上の部屋のことにて夏でなければ、趣きもございませんが。

ではくれ〴〵も御身御大切に　匆々

二月二日　三島由紀夫

川端康成様

昭和四十年三月一日付
鎌倉市長谷二六四より東京都大田区馬込町東一ノ一三三三あて

拝啓　御高著
音楽ありがたく拝受いたしました　これはまとめて拝読させていただくのが大変楽しみのお作ですし音楽ハ結構な表題と存じます　私の愚作美しさと哀《かな》しみと新装成りましたのでお送りいたします　映画ハ篠田監督と加賀まり子《ママ》でこんな娘を書いたのかと私がびつくりするもの出来ました
御ひまありましたら御一見たまはりたく存じます
三月一日　川端康成
三島由紀夫様

昭和四十年三月九日付
東京都千代田区永田町ホテル・ニュージャパン内三島由紀夫より鎌倉市長谷二六四あて

御丁寧なるお手紙並びに御高著「美しさと哀しみ」と《ママ》をありがたく頂戴いたしました。洵に艶《えん》なる装幀《そうてい》にて、又、挿絵、本文の印刷効果も頗《すこぶ》る美しく、中央公論社は本を愛して作つてゐることに感心いたします。明日の外遊を控へ、このところ準備の多忙に明け暮れ、加賀まり子《ママ》の好演の噂《うわさ》をききつゝ、映画も見られず出発するのが心のこりに存じます。このところ、*新潮の長篇の支度で、京都へまゐり寺々の厳冬の寒さにふるへ上りました。又そのうへ寒いロンドンへゆくと思ふと憂鬱《ゆううつ》です。帰国の上、又お目にかかれる折を得れば、倖せに存じます。ロンドン旅行では、別に面白い土産話もございますまいが。

匆々

三月九日　三島由紀夫

川端康成様

*『新潮』昭和40年9月号より連載の「春の雪」(「豊饒《ほうじよう》の海」第一巻)のための取材。

昭和四十一年七月二十九日付
鎌倉市長谷二六四より東京都大田区南馬込四—三二あて

拝啓　結構な御中元ありがたくいただきました。家の者からもよろしく御礼申上げるやうにと〈の〉事です　文春の橋川文三氏[*1]　これはこれで一つのゆきとどきのある解明と読みました　この本で仮面の告白のところどころ開いて拝見してをりますうち結局大方拝見してしまつたやうでこの御作から出たその後の御仕事のことしばらく考へてをりました

先日芥川賞[*2]の帰りの電車で中村光夫さんと三島さんの小説の読み方に感心した話いたしました　反貞女大学以来いただきました御本はみな拝見いたしました　いちいち御礼申上げるべきところ例の怠けでおゆるし下さいませ

私今年ハ一向に暑さを感じませんので山ニ行くのもまだ面倒のまゝでをります

御両親様奥様にもよろしくお伝へ下さいませ

七月廿九日　川端康成

三島由紀夫様

時々お話をうかがへる折りがあるとありがたいと思ひます

＊1　『三島由紀夫』（現代日本文学館42、昭和41年8月、文芸春秋刊）で、三島由紀夫伝・解説を執筆。

＊2　昭和41年、三島は芥川賞の選考委員となった（川端は第一回より）。

昭和四十一年八月十五日付
東京都大田区南馬込四―三二―八三島由紀夫より鎌倉市長谷二六四あて

拝復

お手紙ありがたうございました。

あれから下田へ行つてをりまして、昨日帰京、又二十日から取材のため、関西*1と九州へまゐります。暑いのが大好きなので好都合でございます。

芥川賞のあとは、お話を伺ひたく存じながら、他用あつて失礼をいたしました。あの賞は審査の公正なことにおどろきました。一般文学賞は、あれほど精密に読めず目も届かぬので、カンで物をいふ傾向があり、よくないと思ひます。

このごろ読んだものでは、野坂昭如《あきゆき》の「エロ事師たち」が武田麟太郎《りんたろう》風の無頼の文学で、面白く思ひました。このごろ一般に、文学が紳士風家庭風になつてゐるのを苦々しく存じます。ブル紳の文学など読みたくありません。

文芸時評のインチキとハッタリもひどいもので、文壇堕落の兆候歴然、何かここらで、革命的暴力的新人があらはれぬものでせうか。一寸《ちよつと》面白いのハ*2ママ宇野鴻一郎あたりかもしれません。あの人には谷崎氏初期の悪童性があるやうに思ひます。

新潮の「春の雪」も年末まで書いて第一巻終了、第二巻との間に中休みもいたしたく、でも外国旅行はもう飽きました。

このごろ拙宅には狂人の来訪ひんぴん、つひに早朝窓を破つて闖入《ちんにゅう》してきたのまでございます。神経症患者激増の時代で、文学はキチガヒに追ひ越されさうです。こちらも負けずによほど気が狂はねば、と思ひます。

十一月頃、日生で「アラビアン・ナイト」といふ見世物のお子様向きスペクタル《ママ》芝居をやりますので、阿呆《あほ》くさいものですが、御案内申上げようかと存じてをります。

残暑の折柄、何卒《なにとぞ》御身御大切に

八月十五日　三島由紀夫

川端康成様

＊1 「奔馬《ほんば》」（「豊饒の海」第二巻）の取材のため、奈良・京都・広島・熊本を旅行。

＊2 宇能鴻一郎《うのこういちろう》。昭和36年、『鯨神』で芥川賞を受賞。

昭和四十一年九月三十日付
大田区南馬込四丁目三二番八号三島由紀夫より鎌倉市長谷二六四あて

前略
先日、たび〳〵電話でお騒がせ申上げたアラビアン・ナイトの切符を同封いたします。ずゐぶん先の永い話でございますが、御光来をお待ち申上げてをります。なほ、幕間《まくあい》もあまり短いことゆゑ、御観劇後お時間をいただきまして、御夕食を差上げたく存じてをりますが、深更まで御予定をおとりおき下されば幸甚《こうじん》に存じます。もちろん、十一月以前にもどこかでお目にかかれると存じますが、秋冷の折柄、何卒御身御大切に。

匆々《そうそう》

九月卅《さんじゅう》日

三島由紀夫

川端康成様

昭和四十一年十月十日付
鎌倉市長谷二六四より東京都大田区南馬込四ノ三二あて

拝啓 御高著
聖*1セバスチヤン《ママ》の殉教ありがたく拝受 これまた御会心の御仕事と存じます おあとがきのやうなおこゝろは雑誌で一部拝読の時からほんの一端はお察しいたしてをりましたが名画集もお加へになつて美術出版ともなさいました事はなほ結構と存じます いつかもお話しましたが聖セバスチアノ聖堂へ七八年前と三年前と二度参りオペラ座でなにがしバレリイナ出演の上演を観《み》ました事とて拝読ハ殊《こと》のほか楽しみです パリでハ予備知識皆無で上演を見勿論《もちろん》言葉ハ一語も分りませんでした しかしいまだニ印象ハ残つてをります このオペラの後の白のバレエハまことに哀れなものでこの限りではオペラ座のバレエニ愛そをつかしたものでした
あるひハ直接お聞きになつてゐるかもしれませんが内藤濯《あろう》氏（日本文、飜訳文《ほんやくぶん》ニついてなかなか意見ある御人）この夏美智子妃にともどもお会ひいたしました席であなたの飜訳言葉せりふニついて大変感心してゐられました 内藤氏ニ一部差上げて下さると喜ばれると存じますが

先日ハまたアラビアンナイトの入場券ありがたく拝受いたしました　とりあへず御礼も申上げます
只今《ただいま》＊2中公の野坂氏との対談拝見

十月十日　川端康成

三島由紀夫様

＊1 『聖セバスチァンの殉教』（ガブリエレ・ダンヌンツィオ原作・池田弘太郎、三島由紀夫共訳。名画集編集＝三島）昭和41年9月、美術出版社刊。

＊2 野坂昭如との対談「エロチシズムと国家権力」（《中央公論》昭和41年11月号）

昭和四十一年十一月五日付

鎌倉市長谷二六四より東京都大田区南馬込四ノ三二あて

拝啓 *林君との対話難有《ありがた》く拝受早速一昨夜半より読み出しますと巻をおく能《あた》はず朝ニ拝読し終りました

あなたのお話にはいささか驚くところ目のさめる思ひのところありました 仏教の御作に現はれるそれ絶大の楽しみニ存じます 定家は私も新古今の時代承久の乱の時代の一人物古典の神となつた一人物として明恵上人《みようえしようにん》なども含め書きたい宿望はありますが最《も》早《はや》日くれて道遠いやうです 聖セバスチヤン《ママ》ハ少しづつ言葉味ひながら拝誦《はいしよう》してをります 日本のセバスチヤン《ママ》ハ何時代の誰かしらとあらぬ事を考へたりします

とりあへず御礼申上げます

十一月五日　川端康成

三島由紀夫様

*林房雄との対談集『対話・日本人論』昭和41年10月、番町書房刊。

昭和四十二年二月十三日付
東京都大田区南馬込四―三二―八 三島由紀夫より鎌倉市長谷二六四あて（速達）

前略

芥川賞の折も、久々にお話を伺ひたく存じてをりましたが、その機を得ず、残念に存じてをります。どうも文学賞といふと小生はお喋《しやべ》りをしすぎて、われながらもう一寸重厚にできないものかと思ひます。この週末は大雪のため、家にゐて、雪合戦や雪だるま作りに忙殺されました。子供がみんな母親の味方になつて了《しま》ふので憂鬱《ゆううつ》です。

さて、今日はお願ひのお手紙で、それも、もつともお願ひしにくい原稿のお願ひなのでございます。御不快に思《おぼ》し召《め》しましたら、何卒これから先はお読み下さらぬやうにお願ひ申上げます。

数年前から小生、村松剛、佐伯彰一、遠藤周作、西義之ら同年輩の友人と「批評」といふ同人雑誌をやつてまゐりましたが、此度《このたび》、例の広告文のことで、失礼千万を働らきました南北社から、何の因果か、新発足の形で続刊されることになり、編集部も、心機一転、よい雑誌を作らうとしてをりまして、その第一のお願ひが、川端さんの玉稿＊をいただけないだらうか、といふ夢のやうな希望で、同人一同から追ひつめられ、こんなお願ひを申上げることになりました。

たとへ一枚でも結構でございますが、(もちろん一枚以上ならば、何よりありがたく)、御随意の題材の御随想でもいただければ同人一同いかほどか喜びますことか。同封葉書に、ただ、御諾否の御内意をうかがはせていただければ、早速南北社の者が、雑誌を持つて参上、改めてお願ひ申上げる所存でございます。

洵《まこと》に勝手なお願ひにて、何卒御海容下さいますやう。極寒の折柄、御身御大切に祈り上げます。

二月十三日　　三島由紀夫

川端康成様

＊昭和42年4月、「旅信抄」を《批評》第7号に発表。

昭和四十二年二月十六日付
鎌倉市長谷二六四より東京都大田区南馬込四ノ三二あて

復啓　今日も夜の九時半に起きまして、それが私の朝といふやうな夜昼てん倒の極端な日々が続きまして、まさしく痴呆状態が久しい折りから、何が書けますことやら、すこぶる頼り無いありさまですが、ほかならぬ御用命ゆゑ、とにかく拝承の御返事申上げました。悪文といふより、愚文となりますは必定、この点はおゆるし下さい。「文藝」*1で大文章を拝見して瞠目《どうもく》しました。実にみごとな大文章などと今更言ふのも失礼のやうですが、感歎《かんたん》久しく、呆然《ぼうぜん》とするほどでした。二・二六事件について考への無い私にも、脈々の感動が伝はり、律動が高鳴ります。森茉莉*2さんへのお手紙も無類と思ひました。

Straus 氏に私も近く会はねばなりませんが、もてなしの法を思ひつかなくて少し困つてをります。「古都」のドイツ訳が出たり、「眠れる美女」のオランダ訳が出る事になつたり、このごろはヨオロッパ訳が私の場合は先きになつたやうです。

（まだこれから、正午過ぎまで眠れません。）

二月十六日朝六時　　川端康成

三島由紀夫様

＊1　「『道義的革命』の論理――磯部一等主計の遺稿について」（《文芸》昭和42年3月号）
＊2　「あなたの楽園、あなたの銀の匙《さじ》――森茉莉《まり》様」（《婦人公論》昭和42年3月号）

昭和四十二年二月二十日付
大田区南馬込四丁目三二番八号三島由紀夫より鎌倉市長谷二六四あて

拝復

勝手なお願ひを早速お聴き届け下さり、厚く御礼申上げます。「批評」同人一同も大喜びをいたしてをります。すでに番町書房からお願ひに上つたと存じますが、何卒よろしくお願ひ申上げます。

「文藝」の拙文をお褒めいただいて、実に嬉《うれ》しく「川端さんがほめて下さつた」と家中に見せてまはつた挙句、文藝の杉山君にも喜んでもらはうと、早速電話をかけ、向うがメモをとらうとしたので厳しく禁止し、早口でお手紙をよみ上げて、大いそぎで相手を喜ばせて、電話を切りました。どうも小生にお手紙を下さると、かういふオーバーなことになりますから、小生の人柄をお考へになつて御警戒遊ばしたはうがよいかと存じます。

この間久々に菅原君とゆつくり話し合ひ、あひかはらず口角泡を飛ばして論じた処《ところ》、昭和二十五、六年頃の小生から少しも進歩してゐない、と言はれてしまひました。

では又改めまして。

匆々

二月二十日　三島由紀夫

川端康成様

昭和四十二年三月二十一日付

鎌倉市長谷二六四より東京都大田区南馬込四ノ三二ノ八あて

拝啓「荒野より」ありがたくいただきました「とりたてていたむところなけれども、ねいらるることなし。よもすがらおきゐて、なによりもわびしきことなりとぞいひける。」で、今日も朝の九時から午後四時まで眠るといふやうな日々にまたなりました

ただよもすがらに本を読むだけが救ひです「荒野より」も通読させていただきまたたいていは再読ですが第二部第三部も感歎を新たにいたしました

[*1]「いやないやないい感じ」も[*2]河出の解説ニ全部お借りしたくて私の言ふところありません

三月廿一《にじゅういち》日午前三時二十分　川端康成

三島由紀夫様

[*3]四人の声明にはをかしな反響文も見えますね

＊1　「いやな、いやな、いい感じ」（『高見順文学全集』第4巻月報1、昭和39年10月、講談社刊）
＊2　『高見順集』解説（日本文学全集23、昭和42年8月、河出書房刊）
＊3　2月28日、中国文化大革命に対する抗議アピールを、川端、三島、石川淳、安部公房の四人で発表。

昭和四十二年七月十五日付
鎌倉市長谷二六四より東京都大田区南馬込四ノ三二ノ八あて

拝啓 紀伊の旅から帰りますと御中元の香水いただいてをりました いつも御丁寧にありがたく御礼申上げます 潮の岬などでハ川になつた道を車で走りましたが大水害のなかとは知りませんでした 新潮の菅原君が週刊に移つて私は非常ニショック落胆しました いよいよ何も書かなくなりさうですがそれでも困るのでとちよつと途方に暮れる気持です この一週間連日出京の用事で少し疲れました 昨日ハ風と共に去りぬ（帝劇）見ました 奈良紀伊京都の旅は美しくこれでハ関西に住んだ方がいいやうに思ひました

七月十五日　川端康成

三島由紀夫様

昭和四十二年十二月二十日付
大田区南馬込四丁目三二番八号三島由紀夫より鎌倉市長谷二六四あて

前略
此度は、結構なるシヤツを頂戴《ちようだい》いたし、実に肌ざはりのよいシックな品にて、有難く愛用いたしてをります。又本日は奈良漬を頂戴重ね〳〵の御厚意に厚く御礼中上げます。

久しくお目にかかりませぬが、インド[*1]より帰国以来仕事および雑事山積。

年の暮まで、アツといふ間にすぎてしまひました。長篇のはうも日暮れて道遠しの感あり、まだ千二百枚ぐらゐのもので、半分まですら三百枚ぐらゐあります。大へんなことをはじめてしまひました。その間大人しく仕事だけしてゐればよいのですが[*2]、生来じつとしてゐられぬ性質で、ます〳〵世間の指弾を浴びてをります。しかし最近F104超音速ジエット戦斗機《せんとうき》に乗りましたのは実に痛快な経験でしたので、文芸[*3]二月号にそのことを書きました。

日本及び日本人、殊《こと》に知識人の動向にはイヤになること多々あり、文壇もあんまり寝呆《ぼ》け方がひどいやうに存じます。

来年はどんな年になりますことか。

御年始を御遠慮してをりますので、いつか又、御暇の折にでも、御高話拝聴の機をお与へ下されば倖《しあわ》せに存じます。

匆々

十二月二十日

三島由紀夫

川端康成様

＊1　9月26日から10月23日にかけて、インド、タイ、ラオスを取材旅行。
＊2　12月5日、航空自衛隊百里基地で戦闘機に試乗。
＊3　「F104」（《文芸》昭和43年2月号）。のちに『太陽と鉄』にエピロオグとして収録。

昭和四十三年六月二十五日付

京、都ホテルより東京大田区南馬込四ノ三二ノ八あて

[*1]御所の御本と例によつて御名文拝読しました　宗達名文の類《たぐ》ひですか　今日今東光《こんとうこう》の細君と裏千家へあいさつに行き淡交社長にも会ひました

昨日ハ東光[*2]と連呼車に同乗京都市滋賀県を廻りました　先日辻留《つじとめ》でお聞きの通り芸術院部長を辞退すると東光せんきよの事ム長とか責任者とかの珍事です

[*3]日出海君が庁長官になつてしまつたためです　[*4]中村君との御対話面白く精読よりさきをいそぎ急読しました　[*5]勲章ハ河上徹太郎君の好意でせうと思ひます　中村君の言ふのとちがつて私が世を渡るのでなく世が私を渡らせるやうに思ひますがいかがでせうかいづれにしろ好きぢやありません　先達《せんだつ》ての杉山氏の鳩《はと》の舞　実に鮮かでした　匆々

六月廿五日夜　京、都ホテル　川端康成

三島由紀夫様

*1　『宮廷の庭I』序文（昭和43年3月、淡交新社刊）

＊2　参議院選に立候補した今東光の選挙事務長を務めた。
＊3　今日出海《こんひでみ》文化庁長官。
＊4　中村光夫との対談集『対談・人間と文学』（昭和43年4月、講談社刊）
＊5　昭和36年11月、川端は第21回文化勲章を受章。

昭和四十三年十月十六日付
鎌倉市長谷二六四より東京都大田区南馬込四ノ三二ノ八あて

拝啓　春の海《ママ》　奔馬　過日無上の感動にてまことに至福に存じました
新潮社より*百五十字の広告を書けとは無茶な注文　大変な失礼をこの御名作にをかし
たやうで御許し下さい
この御作はわれらの時代の幸ひ誇りとも存じました
私のおよろこびだけをとにかくお伝へいたしたく存じます　匆々
十月十六日　川端康成
三島由紀夫様

*『豊饒の海』推薦文。

昭和四十四年八月四日付
下田東急ホテル内三島由紀夫より鎌倉市長谷二六四あて

暑中御見舞申上げます

東京では、あまりにキチキチに予定を組みすぎ、そんな気分の中で「美しい日本の私」と「美の存在と発見」の二つの御高著を拝読するのは、冒瀆《ぼうとく》のやうな気がしてをりましたから、ここ下田へ持参いたし、海風のなかでゆつくり繙《ひもと》く幸を味はひました。「美しい日本の私」は、川端さんの文学の核心を、みごとな自意識で解説された御本で、世の川端論などは、みな、この小冊子の前に吹つ飛んでしまふと思ひました。川端さんの随想の御文章は、自ら徒労や無について語られながら、実は、人に徒労や無をガクンと感じさせてしまふ一種の魔力があります。しかし、この御著の「無」は、はじめて何か明るい生命的な無の本質について、西洋人にわかりやすく語つてをられますから、あの「イタリヤ《ママ》の歌」の読後感に似たものを予感させ、それが直ちに、「美の存在と発見」の最初の頁《ページ》の、コップの光りかがやく美の発見へと、つづいてゆくやうな気がします。

実際、「美しい日本の私」は、そのまま、日本文学の、今まで誰も一貫して照明を与へなかつた流水を、清い細流水として、明確に、簡潔に、とり出しておみせになつた無類のアンソロジーとして見事なものでした。不勉強な小生の知らぬ多くの面白い引用文がつぎつぎと目に触れる中で、読後心に残つて忘れられないのは、伊勢物語の「三尺六寸の藤の花房」のことであります。これがこの小冊子からはみ出すほどたわわに垂れ、そして仏教的な世界を完全におほひかくして、絢爛《けんらん》とこの世を占領して、しんとしてゐます。

「美の存在と発見」の冒頭のコップのすばらしい数頁は、源氏物語の話を拝聴しに来た聴衆を、まづ感覚的体験の鮮やかで《ママ》、ウツトリとさせたことでせう。私はプルウストのあの台所の描写、日光の当つた部分がビロードを貼《は》りつけたやうに見えるナイフや、虹《にじ》のいろに空中に融《と》け入つてゆくアスパラガスの尖端《せんたん》や、ああいふものについて巨細《こさい》に述べたプルウストの一節を思ひ出し、同時に、「雪国」このかた、川端さんが、いかにも新感覚派の尖鋭冷艶《せんえいれいえん》な青春を思ひ出されるやうに、或《あ》る光学的な美に執着されることを面白く思ひました。これは又、あの「水晶幻想」をも想起させます。

そして、きはめて優婉《ゆうえん》なことについて述べてをられるやうでありながら、文学と時代との関係の宿命的な怖《おそ》ろしさや、虚子の「棒」の一句の即物的な不気味さについて、ポンと投げ出してをられるところに心を搏《う》たれました。

さて、日外《いつぞや》は、帝劇の芝居について、何かお書き下さる、といふ御親切なお言葉をいただき、その御親切だけを有難く戴《いただ》きましたわけは、小生の言葉も不足であつたと存じ、心にかかつてをりました。実は、これには劇場の内部事情がからみ、帝劇の久しい経営不振の責任上、菊田一夫氏が演劇担当の第一線を退き、雨宮（前撮影所長）重役が、演劇担当になつたといふ人事移動《ママ》がこの春にあり、「癩王《らいおう》のテラス」は、小生が菊田氏に売り込んで成立つた企画でありますから、丁度その端境期《はざかいき》に落ち込んだのでした。東宝の連中の官僚的なことは愕《おどろ》くばかりで、菊田氏の企画物に下手に協力して大成功させては、却《かえ》つて雨宮氏にニラマれるのを怖れ、秋からの雨宮企画第一号「四谷怪談」（三木のり平の伊右ヱ門と京塚昌子のお岩!!!）に集中して、それまでは、「菊田企画はどうも客が来ない」といふ不平をコボしてゐたはうが、保身上有益なのでした。そこで、「癩王のテラス」が早速その犠牲になり、「題が不健康で団体がとれない」と言ひふらし、一切宣伝活動に熱を入れず、ヒルネを決め込んでゐたのでした。

そんな状態でしたから、あのうれしいお言葉をいただいても、東宝がそれに対して、何ら感謝を以《もつ》てお応《こた》へするやうな雰囲気でないことを知つてをりました私は、却つて御迷惑になることを怖れてあのやうに申上げたのでした。東宝の仕打に怒つた小生は、千秋楽にも一切顔を出しませんでした。役者には気の毒でしたが……。

ここ下田に十六日までゐて、十七日には、又自衛隊へ戻り、二十三日迄《まで》自衛隊にゐて、新入会員学生の一ケ月の訓練の成果に立ち会ふ予定であります。ここ四年ばかり、人から笑はれながら、小生はひたすら一九七〇年に向つて、少しづつ準備を整へてまゐりました。あんまり悲壮に思はれるのはイヤですから、漫画のタネで結構なのですが、小生としては、こんなに真剣に実際運動に、体と頭と金をつぎ込んで来たことははじめてです。一九七〇年はつまらぬ幻想にすぎぬかもしれません。しかし、百万分の一でも、幻想でないものに賭《か》けてゐるつもりではじめたのです。十一月三日のパレード*には、ぜひ御臨席賜はりたいと存じます。

ますますバカなことを言ふとお笑ひでせうが、小生が怖れるのは死ではなくて、死後の家族の名誉です。小生にもしものことがあつたら、早速そのことで世間は牙《きば》をむき出し、小生のアラをひろひ出し、不名誉でメチヤクチヤにしてしまふやうに思はれるのです。生きてゐる自分が笑はれるのは平気ですが、死後、子供たちが笑はれるのは耐へられません。それを護《まも》つて下さるのは川端さんだけだと、今からひたすら便り《ママ》にさせていただいてをります。

又一方、すべてが徒労に終り、あらゆる汗の努力は泡沫《ほうまつ》に帰し、けだるい倦怠《けんたい》の裡《うち》にすべてが納まつてしまふといふことも十分考へられ、常識的判断では、その可能性のはうがずつと多い（もしかすると90パーセント！）のに、小生はどうしてもその事実に目をむけるのがイヤなのです。ですからワガママから来た現実逃避だと云《い》はれても仕方のない面もありますが、現実家のメガネをかけた肥《ふと》つた顔といふのは、私のこの世でいちばんきらひな顔です。

では又、秋にお目にかかる機会が得られますやうに。

匆々《そうそう》

八月四日　三島由紀夫

川端康成様

＊「楯《たて》の会」結成一周年記念パレードを国立劇場屋上で挙行。

昭和四十五年六月十三日付
鎌倉市長谷二六四より東京都大田区南馬込四ノ三二ノ八あて

拝啓　いろいろ重ねていただき御礼怠りおゆるし下さい　太陽と鉄ハ御発表当時拝見感銘　衝撃を受け心より離れません　重要な御文と存じます
*1 国文学「すべて」の三好行雄氏との御対談ハ私にもたいへん分りやすく拝読いたしました　私明日台湾へ出発月末ハ韓国のペン会に出席いたします　両方でハ無理の御義理と申すものです
先月初め京都で一週間寝こみ東西医学の先生ニ床下浸水の体とかこの体でよく今日まで生きて来たとか言はれ、老衰もぬかりなくとりついてゐる事です　人ハ皆元気と言ひますが気だけはふけてゐる様です　肺浸潤その他あなたの意志行ニ習ひ何とかきたへて治せないものかと思ひ居ります　匆々

六月十三日　川端康成

三島由紀夫様

*2 石原君への事仰《おお》せの通りですからきついですね

＊1 「三島由紀夫のすべて」（《国文学・解釈と教材の研究》増刊、昭和45年5月刊）

＊2 「士道について——石原慎太郎氏への公開状」（昭和45年6月11日「毎日新聞」）

昭和四十五年七月六日付
東京都大田区南馬込四―三二―八三島由紀夫より鎌倉市長谷二六四あて

拝復

お手紙ありがたうございました。韓国、台湾と御旅行の御旅程もさぞ詰ってをりましたらうし、いろ〳〵御心労も多かつたと拝察いたします。小生も韓国から誘ひを受けましたが、お供をできなくなり、残念に存じてをります。昨年暮に韓国へ行きました時は、アイヴアン・モリス氏と一緒の旅行で、いろ〳〵面白く、食事も美味でありました。ただ彼地《かのち》の人の熱つぽさにはやや当てられました。

このところ拙作[*1]も最終巻に入り、結末をいろ〳〵思ひ煩《わず》らふやうになりましたが、最近成案を得ましたので、いつそ結末だけ、先に書き溜《た》めようかと思つてをります。あひもかはらず、ただ徒《いたず》らに体を使ひ、飛び廻つて、肉体の為《ため》に使ふ時間と精力の厖《ぼう》大《だい》さにわれ乍《なが》ら呆《あき》れます。

御手紙の中にありました御健康の件、心配してをりますが、何につけても、お肥りにならぬ御体質が最上のものと存じます。「一番タフなのは川端さん」といふわれわれの信仰はなかなか崩れません。

この間、ニューヨーク・タイムス[*2]の東京支局長の質問にお答へ下さつて、小生について身に余るお言葉を賜はり、感謝と共に恐縮してをります。この記事は近々、出る予定でございます。

空手を三年目にやつと黒帯をもらひ、武芸合計九段になりましたが、さて強くなつてみると襲つて来る者もなく、物足りない気分で過してをります。

時間の一滴々々が葡萄酒《ぶどうしゅ》のやうに尊く感じられ、空間的事物には、ほとんど何の興味もなくなりました。この夏は又、一家揃《そろ》つて下田へまゐります。美しい夏であればよいがと思ひます。

何卒《なにとぞ》御身御大切に遊ばしますやう。

匆々

七月六日

三島由紀夫

川端康成様

＊1 「天人五衰」（「豊饒の海」第四巻）を《新潮》昭和45年7月号より連載。

＊2 8月、「ザ・ニューヨーク・タイムズ・マガジン」が三島由紀夫の特集を組む。

恐るべき計画家・三島由紀夫

——魂の対話を読み解く

対談
佐伯彰一
川端香男里

往復書簡の系譜

佐伯　今回偶然にも、この往復書簡をまるごと読める幸運にめぐりあって大変嬉《うれ》しかったなぁ。これ程、ほぼ完全な形で残っていたとは、思いがけなかった。

川端　実は私は、新潮社の川端全集を編集した時に往復書簡の形で読み通したことがあるんです。三島さんの川端宛《あ》て書簡はその後で三島家にお返ししました。残念なことに川端全集には川端の書簡は載せたものの、往復書簡はおさめることができませんでしたが、三島未亡人のお許しを得て三島さんの手紙も何通か載せることが出来ました。解説のところではこっそり他の手紙の内容についても触れておきました。読者が三島書簡に興味をもって、三島家にいろいろとお願いが行けばいいなと思っていたものですから。

佐伯　密《ひそ》かにそう思ってらした。

川端　今までの経験から言いますと、書簡の場合、放っておくと散逸する危険性がきわめて高いもので。

佐伯　三島さんは手紙を書くのがお好きだったらしい。筆まめだし、義理堅い所もあった。

それに持ち前の才筆で、三島流の活《い》きのよさに溢《あふ》れていたので、新潮社版の全集を編集した時に書簡をなんとか載せたいと、私も考えて、編集会議に持ち出した覚えもあります。しかし、一旦《いったん》集め出せば様々な種類の手紙が出てくるだろうし、ことに亡《な》くなられる少し前の、いろんな手紙が浮び上ってくる可能性もある。それであの当時、瑤子《ようこ》未亡人にご相談したら、「いや、それは絶対だめですよ」って言下におっしゃった。いずれ他日を期すという気持ちで、三島書簡を全集に取り上げることは諦《あきら》めたんです。

川端 そういう伏線があって、川端全集に例外的に往復書簡をのせるわけにはいかなかったのです。そういう意味では、今回の公開は奇跡的な甦《よみがえ》りであるように思えます。

佐伯 ご承知のように作家の往復書簡は、ヨーロッパでは昔から数多くあります。一番有名な例はドイツのゲーテとシラーで、十年間、千通にも及ぶ大書簡集がある。現代で言うなら、大きな話題を呼んだのは、亡命作家のナボコフとアメリカの批評家エドマンド・ウィルソンとの間で交わされた往復書簡です。ナボコフが一九四〇年アメリカに来て様子がわからず困っている時に、ウィルソンが世話を焼いて、出版社を紹介したり、色々と身近な付き合いがあった。双方ともほとんど完璧《かんぺき》に手紙が保存してあったらしく、本になって出たので、読んでみたんです。両者はたいへん親しかったことが伝わってきます。ところが、ナボコフが晩年非常に力を費やした論まで、じつに率直な物言いをしていてね。身辺の出来事から、文学プーシキンの「オネーギン」の訳を、ウィルソンが手厳しく批評して、長年の友情がふっ飛んじゃった。ウィルソンが亡くなった後、息子さんに宛てた一種の和解の手紙が最後に載せられていて、二人の付き合いがドラマにまで高められていると感じたものです。

日本の場合でも、例えば漱石はあれほど親身ないい手紙をたっぷり書いたから、弟子の方も相当熱烈な手紙を漱石さんに送っていたに違いない。往復書簡であれば、漱石書簡集の面白さがさらに倍増するのではないか。ところがどういうわけか、日本では往復書簡集がまるで刊行されなかった。残念だとかねがね思っていたんです。

川端　日本ではむしろ中世に結構面白い手紙のやりとりがありますね。でも芭蕉《ばしょう》以降になると、意外に面白いものがない。

佐伯　芭蕉の書簡そのものはいろいろ保存されているし、大事にもされ、頼山陽《らいさんよう》の書簡もずい分と多い。でも外国の場合は、手紙をやりとりした双方で保存されているんですね。

川端　本人がコピーをとることもあったでしょうが、書き取らせることも多かったのではないでしょうか。

佐伯　ヴォルテールなど、やたらに書簡が多いから、ほとんど秘書に口述していたんじゃないかな。その場合でも、コピーはきちんと取っておいた。

川端　ヴォルテール時代には、定期刊行物でも写字生がコピーを何部も作るということがありましたね。印刷するほどの部数がない場合には、予約をとってそれだけコピーを作るということがありました。

佐伯　なるほどね。ロシアの作家の往復書簡には、どんなものがありますか。

川端　西欧諸国のように「往復書簡集」という形で大々的に出版されるということはあまり

ありません。でも個人全集には書簡がかなり網羅的におさめられていて、作品本体よりも分量が多いことがあります。ところで、ちゃんとした本になるような往復書簡がとりかわされるのは、インテリジェンスが相当高い人たちの間だけでしょうね。丁々発止のやりとりが出来るような間柄ということですが。

佐伯　西洋人の社交性ということもあるのかなぁ。

川端　外国の作家とくらべて日本の作家は手紙については無頓着《むとんちゃく》で、たとえば小林秀雄さんを例にとりますと、もらった手紙はほとんど捨ててしまっていたようです。これはいいと思う手紙を一通か二通だけ記念に残しておく主義だったという話です。その点、川端、三島のようにわりとよく手紙を保存しているのは例外的ケースと言えるかもしれません。

早くも浮かび上がる三島・川端的宇宙

佐伯　最初の書簡が、川端さんが三島さんに宛てた『花ざかりの森』拝受のお礼です。その日付が面白いことに、昭和二十年の三月八日なんですね。三月十日が東京大空襲です。僕はその当時海軍にいて、神戸の海軍経理学校に移って英語を教えることになった。そこで、家にある字引を持ってきたいという口実を作って家に帰してくれと頼み込んで、なんとか家へ帰った朝が三月十日、まさに、大空襲直後の東京だったんです。

三島さんの川端さんに対する返事が三月十六日で、はしなくも、東京大空襲を挟んだやりとりになっている。最初の川端さんの手紙では、自分も、室町幕府の九代目、足利義尚《よしひさ》に興味があると書いてある。お母さんが日野富子で、応仁の乱の際、幼少で将軍職についた劇的な人物に奇《く》しくも三島さん、川端さんがひとしく注目しておられたことがわかる。川端さんと二十歳の三島さんの関心とが、最初の時点で早くも、火花を散らしています。

この手紙は川端さんらしくて、宗達《そうたつ》や光琳《こうりん》、乾山《けんざん》を見て、「あるのが嘘《うそ》のやうな物沢山見せてもらつて、近頃の空模様すつかり忘れました」とある。皮肉なことに、この直後に大空襲があったわけですが。そういう感慨も含めて、なんとも言えない面白さがありますね。十日の大空襲の後の返信で三島さんもそれに応《こた》えて、「都もやがて修羅の巷《ちまた》」と書く。献本の御礼と、それに対する後輩の返書なのですが、いかにも生きたやりとりだなという印象を受けますね。

川端　三島さんの返信に「先日は野田氏を通じ突然拙著を差上げました無躾《ぶしつけ》を」とありますが、この野田氏は、「文藝」の編集をなさっていた詩人の野田宇太郎さんのことですね。三島さんはこの一年ぐらい前から、川端さんにぜひ紹介してほしいと野田さんにお願いしていたんです。野田さんの方も、今度こういう人を紹介したいがという意向は伝えてあったようで、了解をあらかじめ得てから野田さん御自身の名刺を三島さんに渡していたらしいのです。三島さんの本は野田さん経由で、島木健作さんから受け取ったことになります。書簡だけ読んでいると、何か唐突な始まりという印象を受けるかもしれませんが、その前にいろいろと伏線があったわけです。

佐伯 なるほど、なるほど。

川端 康成の最初の手紙を読んで感ずることは、新人への対し方が昔と同じだなということです。昭和十年頃までたくさんの批評文を書いて新人作家を守《も》り立てようとしましたね。その後一時文芸時評をやらなくなりますが、やめた理由も、期待出来る新人があまり出て来ないということがあったのではないかと思います。婦人雑誌の選評や綴《つづ》り方《かた》運動の方向に向かったということからも、そう推測出来ます。ところが三島さんの本を読んで、これはと思ったのではないでしょうか。三島さんにはその前から注目していて、最初の手紙に既に『花ざかりの森』を一部拝見している、と書いています。若い人の作品をよく読み、それに関心を寄せるという本来の傾向が、ここでもう一度出て来たのでしょう。

佐伯 その点が不思議なんです。川端さんの作品から受ける印象から言えば、他人の作品に、そんなに興味をお持ちにならないタイプだと思えるのに、戦前には文芸時評をずいぶん長く書いていらした。特に新人、あるいは無名の女性の綴り方にまでぱっと目をつける、一種独特の批評的な嗅覚《きゅうかく》があって、そういう川端的嗅覚の輪の中に、無名時代の三島さんが早くも入っていた。

川端 未知の若い人の作品を読んでみたいという気持ちはいつもあったようです。私の知り合いで小説家志望の人がいましたが、面白いものを書いていますよと言うと、じゃあ読んであげましょうかと言ってくれました。

佐伯　昭和二十年七月十八日付の次の手紙では、三島さんはのりにのってと言いたいぐらいに、自分の生活環境のことを細かく書かれている。自分なりの文学的野心を率直にさらけ出して、まさしく文学青年的な手紙だなぁ。

川端　いきなり、こういう手紙を書けるのは、実にナイーブな精神だと思いました。のちの三島さんのイメージとずいぶん違うんですね。

佐伯　そうなんです。ある意味で、果たせるかどうか全くわからないような願望や野心まで、裸の形でさらけ出している。この時点では、川端さんと三島さんは実際に顔を合わせてはいないんですか。

川端　いないんです。三島さんは学徒動員で働いていましたから。

佐伯　敗戦間近ではあったんだけれども、戦争の行方はまだ誰もはっきりとはわかってない。「鎌倉もだん〳〵空襲の危険があるやにきいてをります」とある。

その後、昭和二十一年一月十四日付の正月の挨拶状《あいさつじよう》があります。この手紙もいかにも三島さんらしくて、近頃読む本がなくて閉口しているけれども、小泉八雲を読んだり、ポール・モーランを読み返したりしています、と書いてある。川端さんに対してはそれほど緊張しないで、言いたいことをのびのび書いているという気がします。

川端　その前年の昭和二十年十二月に、川端が久米正雄さん、高見順さんなどと創設した鎌倉文庫から「人間」が創刊されますが、この雑誌は大変な反響を呼んでいて、三島さんも大いに刺激を受けたようで、自分の作品をそこに載せてもらいたいという思いでいろいろと動きます。一月十四日付、二月十九日付の手紙には、その思いがよく出ているように思いました。

佐伯　そういう事情を読み込んでいくと、一層興味深い。

川端　そのころ、白木屋に鎌倉文庫の事務所がありましたが、手紙にはその白木屋を訪ねたという話が書いてあって、三島さんがかなり積極的に動いていたなという印象があります。

佐伯　文壇デビューを相当意識していた。

川端　ええ。そこで三島さんにとって運がいいことに、「人間」の編集長だった木村徳三さんが相当に肩入れしてくれたんです。実際にことが運んだのは、木村さんの尽力のおかげでしょう。

佐伯　なるほど。

川端　ですから、この往復書簡と木村徳三さんと三島さんの手紙のやりとりとを合わせてみると、とても面白いと思います。

佐伯　木村さんが後でお書きになったメモワールの中で、三島さんへの忠告やら励ましなどを相当詳しく書かれていましたね。

川端　ＴＢＳブリタニカから出た木村徳三さんの『文芸編集者　その跫音《あしおと》』ですね。二年ほど前に『文芸編集者の戦中戦後』（大空社）という名で再版されました。この本の中に引用されている三島さんの手紙に、佐藤春夫、川端康成比較論のような文章があります。三島さんは最初は佐藤さんにつこうと思われたらしく、いろいろとお教えを乞《こ》うていらしたんですね。門弟三千人という大先生でしたが、三島さんにはあまりぴんと来るものがなくて、それで川端の門を叩《たた》いた。

佐伯　十代終わりから二十代初めの三島さんは、文学的な色々な構想が頭の中で渦巻いていた。と同時に、文学青年らしい、性急なまでの文壇的野心も鬱勃《うつぼつ》と溢れ返っていた。ただ、この時点では川端さんの作品をそんなにたくさん読んでいなかったようですね。

川端　ええ。そうみたいです（笑）。

佐伯　川端さんの本を読み進めていくにつれて、大いに感激したらしく、イキのいい感想が手紙に出てくる。戦後復刊された川端さんの本の解説を、ずいぶん三島さんが書いています。僕も、三島さんの『評論全集』を再読してみたら、やっぱり日本の作家では川端論の数が圧倒的に多く、とくに初期の作品は実に力をこめて書いている。二十四年一月号の「近代文学」に載った相当長い評論「川端康成論の一方法――『作品』について」――彼が、「近代文学」の同人になって最初の寄稿だと思うんですが――は、いかにも気負いがあらわに出ていて、何だか判《わか》りにくい抽象的な部分もあるんだけれども、文学青年らしい新鮮な批評エッセイですよね。

二十一年の三月三日付のお節句の手紙が、いかにも三島さんらしいと思ったのは、あのころ、第二芸術論で世間をうならせた桑原武夫さんの評論について「浅薄な結論は正気の沙汰《さた》とも思へませんでした」と手厳しくずばりと切って見せた上で、相当抽象的な、三島流の文学原論を勢いよく展開してゆく。しかも、その一方、いわば返す刀で、里見弴《とん》さんの小説の結びをばっさり否定し、宇野浩二にもひと太刀浴びせる箇所が出てくる。戦争中、三島さんは、国学的なロマンティシズムの視点から、「文芸文化」にコミットしていた訳でしたが、それが同時に、一種の世紀末好み、西欧の頽唐派《たいとうは》芸術への共感に結びついていたことが、はっきり出ている。三島さんの生涯続いたデカダンス好み、そしてワイルドへの愛着が、すぐ裏側にはりついていることをここではっきり言い切っている。大いに気負った一種の文学宣言で、自分の原理を一生懸命に川端さんに向かって展開していると思うのです。

二十年の十二月に「人間」が創刊され、文学界はずいぶん賑《にぎ》やかになってきた。批評の分野では、「近代文学」を足場に若手批評家たちが一せいに出てきて、政治的ヒューマニズム、左翼的ヒューマニズムの批評がだんだん広く受け入れられ出した頃でもあります。そういう時期に、流行している批評の風潮にぜんぜん遠慮気兼ねしないで、これだけの自己把握をし、自分なりのマニフェストをしているのは、さすが三島さんだなぁ。

川端　今あげられた手紙は、この往復書簡のなかでも最も興味深いものの一つだと思います。的確に真摯《しんし》に自分の立場を真正面から打ち出しています。

また、ここで面白いのは、「一度用事のお便りでなく、ゆつくり私事をきいていたゞきたく思ひ」と書いている箇所です。実はこの前に木村徳三さんは「煙草《たばこ》」を「人間」に載せることをオーケーしているんですね。『川端康成　鎌倉文庫業務日誌』という記録を見ますと、二月十五日の項に、「三島由紀夫君『煙草』木村君読了　可」と書いてあるんです。ですから、もう「用事」はすんでいる。今度は私の文学的な話を聞いてくださいと言っているんですね。

佐伯　なるほど。

川端　今度は、思う存分言いたいという気持ちが溢れているのです。

佐伯　三月三日の手紙を出す直前に、実際に会っているんですね。

川端　会っています。一月二十七日に初めて会っているんですね。それから、どうも二月の二十五日に会っているんじゃないかと思います。

佐伯　そうですか。

川端　二度会うことはできたものの、話は用事に終始してしまったもので、欲求不満だったのでしょうね。今度お目に掛かった時は思う存分胸の内をぶちまけたいということなのでしょうね、この手紙は。

佐伯　「馴《な》れない事務所の空気にぼうっとして了《しま》ひ、何を申上げたやら覚えてをりません」。

川端　この手紙にたいする返信は見当たりません。

佐伯　なるほど。

川端　往復書簡の前後関係から判断すると、いついつに来いという手紙か葉書があったはずですが、今のところ出て来ていません。

佐伯　確かにそれに続いての、二十一年四月十五日付の三島さんの手紙では、「お忙しい処《ところ》を度々お邪魔申上げ申訳ございません」とありますからね。そこでは、川端さんの「抒情《じよじよう》歌《か》」を四、五年ぶりに再読して、不思議な暗合を感じた、とあります。三島さんと川端さんとの、一種の、心霊的なコレスポンダンスがここではしなくも現れているように思うんです。

川端 心霊的なものに関してですね。アジアとギリシアが通底するような不思議な感覚でしょうか。三島さんは、「単なる詩と感覚なら堀辰雄氏にもそれがあります」と厳しいことを言っています。皮相的というか、表層的だと言い切っちゃっている。堀さんにはお気の毒ですけれど、堀さんという第三者を引き合いに出すことで、二人の内的コレスポンダンスが、クローズアップされてきますね。

佐伯 ええ。堀辰雄というのは、当時の文学青年には、不思議に魅力的な存在で、遠藤周作君も、力作の処女評論が堀論、三島さんも後で、かなりシンラツな『菜穂子』論を書いたし、私自身学生時代に『風立ちぬ』論を書きました。それはともかく三島・川端的宇宙が、この手紙を介して、浮かび上ってくる。二十歳そこその時だから、三島さんの才能はやっぱりほんとに見事なものですね。

深まってゆく師弟関係

川端 その後、五月に二通、六月に二通、七月に一通と、三島さんはわりと頻繁に手紙を書いています。往復書簡の内で、この時期のものが一番、先生について勉強しているという印象を受けますが。

佐伯　いろんなことが出てくるなぁ。「中世」と「盗賊」について、川端さんが具体的にアドバイスをなさったらしいし、足利義尚の資料を借りてもいる。

川端　「群書類従」ですね、この資料は。

佐伯　三島さんの、とにかく勉強したい、教わりたいという気持ちが、この五月から七月までの手紙には流露していますね。六月五日付の手紙で、「むすめごころ」「童謡」「金塊」「正月三ケ日」を頂いたお礼を書いている。「金塊」は、心霊術みたいな、透視する能力のある娘さんの話だけど、ずいぶん不思議な話だと思って、私も十代のころに読み、強く印象に残っているんです。この作品の独特な味わいを、三島流の批評眼でよく分析しています。批評眼という以上に、それを表現する批評的な腕、才腕が、やはり三島一流ですね。ずいぶん後になっての話だけれど、開高健君が、少し皮肉をこめて、三島さんのパーティに招《よ》ばれた折、「あなたは、第一に劇作家で、第二に批評家で、第三に小説家だ」と三島さんに言った、とどこかで書いていたでしょう。開高らしいフィクションかも知れないが、分析力と自己表現力が絡《から》み合って展開していく様子がありありと現れていて、実に面白いですね。

川端　八月以降の手紙になりますと、今度は愚痴がたくさん出てまいりますね。最初の、先生について一生懸命勉強する段階から、自分の愚痴を言うところまで自然に発展して、これがまた面白い。

佐伯　試験がすんだらゆっくり書きたいと思っておりますというような、身辺的なことまで出てくる。

川端　この往復書簡をずっと見ていくと、二人の関係は一様ではありませんね。時期によって微妙に変わっている。大変面白い人間関係だと思います。この時期に関して言いますと、お互いに、相手が求めるものがかなりはっきりわかっていて、またお互いに言いたいことを言い合っている。愚痴を言っても、先生なら聞いてくれるだろうという甘えも感じられますね。

佐伯　僕は、川端さんにお目にかかった機会も僅《わず》かに限られていますが、あんまりおしゃべりにならない方だったでしょう。

川端　あまりしゃべらないという評判ですが、評判だけが一人歩きした感じがします。その気になると、結構話をしたのではないでしょうか。打てば響くような人や、率直にものを言う人が気にいっていたようですね。正直なところ、頭のいい人が好きだったんです。

佐伯　ああ。

川端　三島さんはまさに頭のいい人で、先々を読む人だったと思うんです。それで、川端の方も三島さんが気に入っていたことは間違いないですね。

佐伯　なるほどね。

川端　三島さんは自分が気に入られていることがわかっていて、平気で愚痴を書く。

佐伯　ちょうどこの時、作家としてやっていけるかどうか、かなり迷っていただろうし、一方で高等文官試験が迫っていた。

川端　父上の圧力が相当あったようです。

佐伯　平岡家は何しろ高文エリート官僚の家系で、当然のことのように官僚になることを期待されていましたからね。

川端　大蔵省に入ったので、免罪符になった。

佐伯　ある意味では農林官僚だったお父さんよりいい役所へ入ったから、自信を持って、勝手なことをやれるという気持ちもあったかもしれないですね。これは余計なゴシップですが、二十二年七月十七日付の手紙では、勧銀の入社試験を受けて落っこったとあります。こんな私事まで川端さんに打ち明けた上、「やっぱりこんな時代でも官吏がいいんぢやないかね」という父上の放言まで手紙に記されているところを見ると、何でも川端さんに打ち明けている感じが伝わってきます。その後の二十二年の十月八日付の手紙でも、河内《かわち》の尼寺のゴシップめいた話を詳しく書いたり、島田清次郎の「地上」や太宰治の「斜陽」に対する感想など、普通、先輩作家にはあまり口にしないことまで平気で書いている。

川端　この時期、二十二年十月から約一年間、書簡に中断があります。

佐伯　高文の試験に受かって、大蔵省に入った年ですね。

川端　二十二年の十一月に東大卒。その後に高文の試験に通ってますから、ちょうどその時期です。

佐伯　なるほど。新米官僚の時期で、大忙しかな。

川端　この頃、大蔵省勤務の傍ら作品もたくさん書いていましたから、執筆で徹夜してふらふらになって、通勤の途中で駅のホームから落ち掛かって死にそうになったというエピソードがありますね。父上がさすがに見かねて、もう辞めてもいいよと言った。そういうわけで、忙しくて手紙なんて書いている暇などないのが、ちょうどこの一年間ですね。

二十三年の九月に念願かなって大蔵省を退職、ようやく創作に専念する環境が整います。二十三年十月三十日付の三島宛《あて》川端書簡に「盗賊序文ニつき御丁重な御礼痛み入りました」とあるのは、「盗賊」の序文をいただいたお礼に三島さんが、鎌倉の川端邸に何かもって行ったか、あるいは届けさせたのでしょう。

佐伯　その川端さんの手紙には「少年時代の御作もほゞ拝見」とありますね。ですから……。

川端　その後も、三島さんの作品はかなり関心をもって読んでいたようです。

佐伯　ずい分と面倒見がいいんですね。

川端　川端康成、木村徳三という先輩と三島さんの関係は、基本的には終始一貫して文学的関係だったと思います。ことに木村さんには、三島さんはいわゆる作品だけではなく、小学生時代の作文から始まってありとあらゆるものを預けていたらしい。

佐伯　なるほど。木村さんは当時一番身近なエディターで、色々遠慮なくアドバイスするし、指示もする存在だったらしいな、メモワールを読んでみると。

川端　そうですね。

文学者、三島由紀夫へ

佐伯　二十三年十一月二日付の手紙では、早くも「仮面の告白」の構想を語っています。

川端　この箇所は、最初の方の手紙に出て来た桑原武夫さんの話とも繋《つな》がる、三島さんの文学観の一連の流れに位置しています。この手紙のところまで読み進めてきますと、「日本戦後文学の世界のせまさ」ということが、いつも三島さんの頭を占めていたのだなと思われます。三島さんはこの「せまさ」というテーマを川端康成と共有しているという前提で、いろいろと論じていますね。

佐伯　いわゆる戦後文学についての言及はないにもかかわらず、私的なパースペクティブと文学的信念で大テーマを展開している点に感心しました。

川端　実際に対面した時の話題には、恐らくこういった話が出たのでしょう。

佐伯　これは、手紙そのものとしては、少々唐突な話の出し方ですからね。

川端　手紙だけ読んでいますと唐突ではありますが、書かれていないところに何があったのかと推測するのも、手紙の読み方でしょうね。第三者であるわれわれには唐突ですが、そのことによって逆に二人の間ではこのことが十分わかり合っているらしいということが窺《うかが》えます。この往復書簡全体を読み解くためには、こういうことがポイントになるのではないでしょうか。

佐伯 まったくそうだと思います。その後、二十五年三月十五日付の手紙では、川端さんから三島さんへの外国行きの打診があります。

川端 佐伯先生もご経験でしょうが、この頃は洋行に、非常に大きな関心のあった時代じゃないでしょうか。

佐伯 私の最初のアメリカ行は、この年の七月、いわゆるガリオア留学です。自分のお金ではまったく行く機会がない時代でしたから。

川端 二十五年三月の二通の手紙を見ていますと、とにかく外国へ行きたいという思いに、日本中がいっぱいになっていたことが実によく反映されていると思う。

佐伯 「憧《あこが》れのハワイ航路」なんてはやりの流行歌までありました。三島さんも二十五年三月十八日付の手紙で「一生に一度でもよいから、パンテオンを見たうございます」と、いじらしく率直に訴えているからなぁ。

川端 百万円あればペンクラブの一員という資格で送ってやるというのですが、しかしあのころの百万円じゃ大変でしたね。

佐伯 この時期から次第に、日本の作品が海外に紹介されるようになって、二十六年八月十日付の川端さんの手紙に、アメリカの大学の先生で小説家でもあったステグナアという人から作品を送って欲しいと依頼された話が出てきます。

川端 日本文学が海外へ紹介され始めた時期の状況を見事に反映している。この書簡集にはそういう時代を映し出すという面白さがありますね。

佐伯　当時の文壇の動き、あるいは海外への日本文学の紹介のされ方のプロセスが鮮かに浮かび上がってきますね。

二十八年三月十日付の三島さんの手紙では、神島行きの件が出てきます。これは「潮騒《しおさい》」の取材ですね。山中湖にできる予定の三島文学館（一九九九年七月に創設された）へ収められる三島さんのノートを拝見しますと、航路の詳細図などがあって、取材を相当多面的、徹底的にやった形跡があります。多忙な取材旅行中でも、きちんと川端さんに手紙を書いている。そういう点は、じつに筆まめな人だったなぁ。

川端　川端が推薦文を書いていますが、何の推薦文でしょうか。

佐伯　十月十四日付の手紙に出てきますね。二十八年というと、『三島由紀夫作品集』でしょうか。「かうしてまとめて進まれる事」とありますから。

二十九年の四月二十日付の手紙では、川端さんが「難行苦行、絶望を深めるやうな仕事、とにかく片づけて、これから帰ります」とおっしゃっておられるのは、何のお仕事をなさっていたんでしょう。

川端　「菅原君（当時「新潮」編集者――編集部注）は上手に書かせてくれます」の前に「新潮のみづうみもやけくそですが」とありますね。

佐伯　すると、「みづうみ」ですか。その次、二十九年十一月二日付の手紙に、奥只見《おくただみ》のダムを見に行ったとあるのは、ダムに材をとった「沈める滝」の取材でしょう。

川端　その手紙の中で「お蔭様《かげさま》で賞を受け」と川端にお礼を言っているのは、『潮騒』の第一回新潮社文学賞の受賞御礼です。「お蔭様」とは、推薦していただいたことにたいするものでしょう。

佐伯　その後、三十年二月八日付、三十年十二月二十二日付の川端さんの手紙には、三島さんのラジオでの歌右衛門との対談、「群像」での三津五郎との対談についての感想に言及されていて、川端さんは三島さんの活躍を、きちんと読まれたりお聞きになったりしている。三十一年の十月二十三日付の川端さんの手紙には、翻訳の話題が出てきます。クノップ社から出版された『雪国』廉価版《れんかばん》への感想。『潮騒』がアメリカでベストセラーになったという記述もある。

川端　この時期ではこのアメリカのクノップ社が日本文学紹介の最大の貢献者でしょうか。またこの頃は、アメリカだけではなくて、ヨーロッパにも日本ブームが起こりましたね。

佐伯　一九五〇年代半ばから後半にかけて、『潮騒』『斜陽』『雪国』『千羽鶴』と矢継早に翻訳されて、それぞれかなりの反響があったようですね。この時期の手紙は、翻訳に関する話題が多いですね。三島さんの三十一年十一月一日付の返信には、「小生の『潮騒』は一週間だけNew York Times のベスト・セラー欄に出たさうですが、一週間で消えた由《よし》です」とあります。

川端　ここで三島さんは「却《かえ》つて欧洲《おうしゅう》人の方が、頭が硬化してゐて、日本文学に対して、柔軟な理解力を欠いてゐる」とはっきり書いていますね。「アメリカ人もなか〳〵バカではありません」とか。この時期については正確な認識だったと思います。

佐伯　とにかく当時は、アメリカ人翻訳家の粒ぞろいということもあって、アメリカの方が反応もイキがよかったな。「楢山節考《ならやまぶしこう》」に触れて、「一読肌に粟《あわ》を生ずるイヤな小説で、あれの載つた中央公論には、さはるのも気味がわる」いとあるのも面白い。

川端　この時期の手紙はゴシップも多く、文壇の仲間になったという印象を受けます。

佐伯　初期の肩肘《かたひじ》張った、若々しい表現の文学論は、だんだん出なくなってきましたね。

川端　身内みたいな感じになって来て、実用的な話題がふえますね。三十二年六月二十九日付川端書簡には、「御旅のはなむけニ何かと考へながら智慧《ちえ》もなく殺風景の実用品」とあります。三島さんが渡米なさる時に、必要品をたくさん取り揃《そろ》えて持って行ったらしい。それに対する三島さんのお礼状もありますね。

佐伯　三十二年七月七日付の手紙ですね。

川端　実用的ということでは、川端康成入院の時に、三島さんが作った入院必要品目リストが面白いですね。三十三年十月三十一日付の手紙ですが。その前に、お母様の入院ということがあってもうヴェテランだったのです。

佐伯　これは、几帳面《きちようめん》すぎるというか、一種の「珍品」ですよ。実に詳細を極めている。

川端　ご丁寧にも、「ほとんどの品は、上野松阪《ママ》屋で揃ふ」とまでつけ加えてある。

佐伯　三島さんの、義理堅い、行き届いた人となりがありありと窺われます。僕ですら、外国へ半年、一年行って帰国すると、すぐ手紙が来て、どこかで食事しようとお誘いになる。

誰を招《よ》んだらいいかと必ず訊《き》いてくれる義理堅さ、思いやりのある方でした。

川端　その後の手紙では「ますら夫派出夫会の怠慢にて、お詫《わ》び申上げます」と冗談を言っている。「ますらを派出夫会」というのはこの頃週刊読売に連載されていた漫画ですが、そんなものをユーモラスに手紙に盛り込んでいる。このおどけているところが、身近にいる人という感じを与えます。この時期の手紙を見ると、家族ぐるみの安定した普通のお付き合いという印象ですね。胆石、眠り薬、病気の話、結婚、子供への贈り物のお礼などの、ごく普通の世間的な付き合いという面が目立ちます。

佐伯　作品の話より、世間的な付き合いの面に関係が次第に移っていった。ちょうどこの頃、三島さんは大森の新宅へ引っ越されるんですね。

死の前年、自決を予告した手紙

佐伯　三十六年五月二十七日付の川端さんの手紙に、初めてノーベル賞に関する記述が見られます。スウェーデン王立アカデミーへの推薦文を川端さんが三島さんに依頼した箇所です。

川端　そろそろノーベル文学賞を日本に持って行ったらどうかという配慮というか、一面政治的なはからいがあって、先方から誰か推薦しろと盛んに言ってきた時期です。

佐伯　推薦文を三島さんが書かれたようですね。

川端　ええ。その時、複数の候補が推されましたが、本命は谷崎潤一郎さんでしたね。三十七年四月十七日付川端書簡には、ノーベル賞は「あなたの時代まで延期でせう」とあります。われわれ、つまり旧世代の作家ではなくて三島さんたち新世代の作家の時代まで無理だろうということで、文壇全体の見通しも大体そういうことだったと思います。

佐伯　その次の三十八年九月二十三日付の川端さんの手紙で、「(サイデンステッカー氏と)当代並ぶもののない批評家と意見一致した」と、『林房雄論』を激賞しています。三島さんの『林房雄論』は、こちらがアメリカにいた時、わざわざ送って下さった。難解な部分もありますが、一気に書いた批評の不思議な傑作です。この二人も面白い取合せで、晩年の三島さんはずい分いろんな人と対談をしていましたが、僕は林房雄さんとの対談、この間改めて読み返してみて、一番呼吸があっていて、大変出来がいいものではないかしら。

川端　この時期から、三島さんの日本回帰が目立ってきた。

佐伯　四十一年六月号の「文藝」に載った「英霊の声」は、ふっと何かにとりつかれたように一気に書き上げた、と三島さんご自身の口からうかがったな。その後、美輪明宏に会った時、「三島さん、あなたに霊がついてるよ」って言われてギョッとしたという話を、三島さんは例の誇張したおどけた調子でおっしゃられたことを覚えています。

川端　川端はそういう三島さんの方向を認めてほめていますね。

佐伯　『「文藝」で大文章を拝見して瞠目《どうもく》しました。実にみごとな大文章などと今更言ふのも失礼のやうですが」。四十二年の二月十六日付の川端さんの手紙にあります。

川端　四十二年三月号の「文藝」に載った『道義的革命』の論理——磯部一等主計の遺稿について」への評ですね。激賞された三島さんは大喜びで、家族にもその手紙を見せたと、返信に書いていますね。その前の四十二年二月十三日付の三島さんの手紙には、三島さんや佐伯先生がおやりになっていた雑誌「批評」に寄稿してくださいというお願いの文章がありますが。

佐伯　お蔭でろくに稿料も払えない、僕らの同人誌が川端さんに「旅信抄」という作品を書いていただいた。

川端　この四十二年頃が、二人とも脂《あぶら》ものっていたし、お互いにうまく行っていたということでしょうね。川端、三島、それに安部公房、石川淳という顔触れで中国の文化大革命に対する自由擁護のアッピールを出したのも、この年の二月でした。

佐伯　ええ。この頃は、三島さんは「批評」まで、身を乗り出していろいろやろうという気持ちもおありだったし、僕らと会っている時も、気楽に伸びやかにお話しになっていましたしね。三島さんは、ずいぶんユーモアのセンスのある人で、この頃は、自分で自分を虚仮《こけ》にして笑うことがよくありましたし、相手からからかわれることも平気でした。晩年になると、そうもいかなくなりましたが。

川端　そうですね。川端も翌年四十三年になると、今東光の選挙事務長をつとめるという、後の都知事選への関与の前触れのようなことをしますし、それにノーベル賞の受賞がありました。

佐伯　そうでした。私もメンバーだった「日本文化会議」で『日本は国家か』なんていうシンポジウムもやりました。三島さん、林房雄さんにも出てもらってね。

川端　おかしなことがいろいろ起きてくる時期です。

佐伯　七〇年安保、首都決戦が叫ばれて、世間の雰囲気も騒然としていました。中国も文化大革命で大いに揺れているし、大学紛争も収拾がつかない。当時キーンさんに会った時、日本のインテリで元気なのは三島さんだけですねと言われたことがあります。

川端　三島さんも、楯《たて》の会を結成した。

佐伯　あの頃、三島さんは不思議な人だと思ったことがあります。大学紛争で、学生が東大の安田講堂に閉じ籠《こ》もっていまして、先の見通しを話している時、「佐伯君ね、あれは絶対に難攻不落だよ」と三島さんがおっしゃるのです。だって三島さん、機動隊が本気で乗り出したら、そんなの問題じゃないでしょうと反論したら、「いやそうじゃないよ、安田講堂の塔の上から、機動隊がやってきたら一人ずつ飛び下りるんだよ」って言う。一人飛び下りたら、もう機動隊は突っ込めなくなるのだ、と。自決ですね、籠城《ろうじよう》組の。閉じ籠もった学生の一人でも二人でも自決してみせたら、世論もガラリと変わっちゃうし、警察もまったく手の出しようがなくなるだろうと言うんです。僕はその時、過激派の学生たち、そんなことは万に一つもやらないだろうと思いましたが、三島さんはそういうふうに考える人なんですね。緊張が極限に達した時なら、覚悟した学生が飛び下りて見せるだろう、そうすれば機動隊は突っ込めなくなる。三島的論理で言えば、確かに筋が通っているんです。

もう少し違った例もあります。ロバート・ケネディがカリフォルニアでアラブ系の人に射殺された事件の直後、三島さんに会ったら、断固として暗殺者を支持するんですよ。そんな話ってある？　って言ったら、だって、きみ、向こうはケネディ一族で、アメリカのエスタブリッシュメントの代表なんだから、貧しいアラブ系の移民の男が対決しようとしたら、ああいうやり方以外に何があるのっておっしゃるのです。こちらは返答に困りましたが。

川端　ちょうど『文化防衛論』の頃ですね。

佐伯　三島的論理が『文化防衛論』の形になって出てくるんですね。

川端　康成から、これ面白いよ、読んでごらんなさい、と言って『文化防衛論』を渡されました。

佐伯　『文化防衛論』を、川端さんはお読みになっていたんですか。

川端　ええ。かなり熱心に読んでいました。三島君、面白いことを書いていると言っていました。例の磯部一等主計の遺稿についての文章をほめてから、ずっと三島さんの仕事に注目していました。

佐伯　四十三年にも『豊饒《ほうじょう》の海・第一巻　春の雪』の推薦文をお書きになっていますしね。

川端　四十三年十月十六日付の手紙で「新潮社より百五十字の広告を書けとは無茶な注文」とこぼしています。この日は水曜日で、翌日に実はノーベル賞の受賞通知があるんですよ。

佐伯　なるほど。

川端　これを最後に書簡の意味が、がらりと違ってくるんです。

佐伯　四十三年十月十六日付の川端さんの手紙の次は、十ヵ月おいて例の四十四年八月四日付の手紙になりますからね。
川端　しかも、川端康成のノーベル賞受賞以降、三島さんの手紙はたった二通だけ。
佐伯　川端さんのノーベル賞受賞によって、やはり相当のショックを受けられたんでしょうね。これは、作家の自尊心にかかわる微妙な問題ですが、三島さんは、次々と出てくるベストセラーまで気にかけずにいられない、人一倍競争心の強い人だったから、最後の行動の引金とまでは言わないけれども、繋《つな》がる何かを感ぜざるを得ないなぁ。
川端　楯の会はその年、四十三年に結成しているんですが、この動きが加速されるんですね。
佐伯　ノーベル賞はもう諦《あきら》めたという思いもあったんでしょうか。
川端　十月十六日付川端書簡は、この書簡集の大きな区切りです。この後の三島さんの二通の手紙のうち、一通は問題の手紙、もう一通は、『太陽と鐵《てつ》』と、三好行雄氏と三島さんとの対談に関心を持った川端が出した四十五年六月十三日付の手紙に対する返信です。これが最後の手紙となりますが、「お手紙ありがたうございました」という、いわば儀礼的な手紙です。
佐伯　しかしはしなくも、空手で黒帯をもらい「さて強くなつてみると襲つて来る者もなく、物足りない気分で過してをります。時間の一滴々々が葡萄酒《ぶどうしゅ》のやうに尊く感じられ、空間的事物には、ほとんど何の興味もなくなりました」と心情を吐露していますね。
川端　ただ、川端側から手紙がきて、それに対して返書を出している形ですので、自ら積極的に手紙を書くという感じではどうもないんですね。事態は大団円に向かいつつある時期ですから。やはり問題なのは、四十四年八月四日付の手紙です。

最後の手紙はもう一通あった

川端　四十四年八月四日付の手紙の末尾部分が問題なんです。
佐伯　これはね……。
川端　四十六年一月の三島さんのご葬儀の時に川端が読んだ弔辞の最後に、引用したんです。
佐伯　「ますますバカなことを言ふとお笑ひでせうが、小生が怖《おそ》れるのは死ではなくて、死後の家族の名誉です」。この箇所、はしなくも三島さんの「本音」がもれ聞えた感じで、ハッとさせられたな。
川端　ところで本当は四十五年七月六日付の手紙は、最後の手紙ではないのです。この後にもう一通受け取っているのです。
佐伯　えっ、そうでしたか。
川端　鉛筆書きの非常に乱暴な手紙です。全集の解題でも少し触れておいたんです。私も内容を忘れましたが、文章の乱れがあり、これをとっておくと本人の名誉にならないからとすぐに焼却してしまったんです。

佐伯　残っていないわけですね。

川端　残っていないんです。

佐伯　しかし本当は、もう一通あった、と。

川端　焼却された鉛筆書きの手紙。富士の演習場から出された手紙なんです。私は今でもとっておかなくてよかったんだろうと思っています。

佐伯　三島さんは、残された家族のプレッシャーを考えなかったのかなあと思っていましたが、自決の一年以上前の時点ですでに、きちんと「死後、子供たちが笑はれるのは耐へられません。それを護《まも》つて下さるのは川端さんだけだと、今からひたすら便《ママ》りにさせていただいてをります」と書いていたんだな。

川端　問題の八月四日付の手紙をもらった時にはそれほど深刻に受け止めてはいなかったようですが、翌年の秋口になって鉛筆書きの手紙が来た時にはびっくり仰天したんです。これは大変なことになると。

佐伯　その時、川端さんの側から、三島さんに宛《あ》てて手紙を書いたことはございませんか。

川端　ないと思います。駐屯地から出された手紙ですからね。

佐伯　最後の年の春、僕がカナダから帰ってきたら、三島さんから手紙をもらって、ちょうどこれから富士の麓《ふもと》へ楯の会の連中と一緒に演習に出かけるんだけれども、帰ったらきみの歓迎会をやりたい、誰か招《よ》びたい人があるか、という親切なお手紙をいただいた。やっていただいた歓迎会の席上、三島さんは開口一番、「佐伯君、近頃、東京もひどいことになったよ」とおっしゃるんです。あの頃話題になったアメリカの雑草、セイタカアワダチソウが東京にはびこっていることを持ち出して、憮然《ぶぜん》とした表情でそうおっしゃるんですね。その後は、いつもの明るい三島さんで、こちらは楽しませてもらって、不吉なことや暗い話題はまったく出なかった。ですから逆に、セイタカアワダチソウの話が印象に残っているんです。

川端 最後の年の八月、三島さんは下田東急ホテルに二十日間家族と滞在し、H・S・ストークスやドナルド・キーンを呼んでいますね。家族にも一生懸命サービスしているんです。前年八月四日付の手紙でも、「美しい日本の私」と「美の存在と発見」について、礼儀正しくきちんきちんと書いているのは、家族サービスと同じような精神なんですね。

佐伯 なるほど。

川端 キーンさんと下田で話した時、三島さんは例の四部作の話をずっとしていて、いろんなことを説明し、最後に、自分にはあとひとつだけ残されていることがある、それは自殺することだと言うんですね。前年八月四日の手紙でも、まさにそれと同じことを言っているんです。彼のその後の一連の行動がこの手紙に凝縮されているとも言えますね。

佐伯 おっしゃるとおりです。三島さんは恐るべき計画家でしたね、何から何までご自分の手で、計算し、計画しつくさずにおかないという。一年以上も前の時点でご自分の最後まで、きっちりデザインしていた……

川端 全部、目配りしている。

佐伯　デザイン通りに全《すべ》てを仕組む。この手紙で、川端さんにお別れを言っているわけです。そう思うと、「時間の一滴々々が葡萄酒のやうに尊く感じられ」とある最後の手紙の末尾に、胸を打たれます。

川端　焼却してしまった手紙が事件の直前に一通来ますけど、それは先程申し上げた通り、雑な手紙ですから。

佐伯　僕も、事件の数日前、留守中に電話をもらって、帰宅後掛け直したんですがいらっしゃらず、それっきり話せなかった。あるいはお別れの挨拶《あいさつ》のつもりだったんじゃないかと思って、ずっと気になっています。死の前年、八月四日に書かれた川端さんへの手紙は、すでに遺言に近いですね。

川端　この手紙は、三島さんの意思を読み解く鍵《かぎ》になっている気がします。

Recommending Mr. Yasunari Kawabata for the 1961 Nobel Prize for Literature

(signed) Yukio Mishima

In Mr. Kawabata's works, delicacy joins with resilience, elegance with an awareness of the depths of human nature; their clarity conceals an unfathomable sadness, they are modern yet directly inspired by the solitary philosophy of the monks of medieval Japan. His choice of words display as the maximum subtlety, the most quivering sensitivity of which modern Japanese is capable; his unique style with sure swiftness can extract and give complete expression to the very essence of his subject, be it the innocence of a young girlsor the frightening misanthropy of old age. An extreme conciseness——the pregnant conciseness of the symbolist—— keeps his works short, yet in their brevity they range far and wide over human nature. For many writers in modern Japan, the claims of tradition and the desire to establish a new literature have proved well-nigh irreconcilable. Mr. Kawabata, however, with his poet's intuition, has gone beyond this contradiction and achieved a synthesis. Throughout all his writings from his youth to the present day, he is obsessed by a constant theme: the theme of the contrast between man's fundamental solitude and the unfading beauty that is glimpsed momentarily in the flashes of love, as a flash of lightning may suddenly reveal the blossoms of a tree by night.

I feel honoured to recommend him, who more than any other Japanese writer, is truly qualified for the Nobel Prize for Literature.

一九六一年度ノーベル文学賞に川端康成氏を推薦する

三島由紀夫（署名）

川端氏の作品では、繊細さが強靭《きようじん》さと結びつき、優雅さが人間性の深淵《しんえん》の意識と手をつないでいる。その明晰《めいせき》は内に底知れぬ悲哀を秘め隠して、現代的でありながら、中世日本の修道僧の孤独な哲学が内に息づいている。彼の用語の選択ぶりは現代日本語として極限的な精妙さを、微妙に震え、おののく感受性を示している。彼のユニークな文体は、その対象が少女の無垢《むく》であれ、老年の怖《おそ》るべき嫌人癖であれ、迅速果敢に対象の本質を抽出して、完璧《かんぺき》な表現をあたえずにおかないのだ。

極度の簡潔さ、象徴主義者持前の含蓄深い簡潔さのせいで、彼の作品は短いのだが、しかも限られた紙面の中に深くかつ広く人間性の多くの局面を描き得ている。現代日本の多くの作家たちにとって、伝統の要請と新文学を樹立しようという願望とは、ほとんど両立不可能なディレンマであったが、川端氏は、詩人の直観によってこの矛盾を易々《やすやす》と乗り越えて、綜合《そうごう》を成し遂げた。

青年期から現在に至るまで、川端氏が心とらえられてきた主題は、終始一貫している。人間の本源的な孤独と、愛の閃《ひらめ》きのうちに一瞬垣間見《かいまみ》られる不滅の美とのコントラストという主題――恰《あたか》も稲妻の一閃《いっせん》が、夜の樹木の花を瞬時に照らし出すような。

日本人作家のほかの誰よりもノーベル文学賞に真にふさわしいこの人物を推薦することを私は心ひそかに名誉と感じている。

（訳・佐伯彰一）

略年譜

川端康成

明治三十二年（一八九九）

六月十四日、大阪市北区此花町に、父栄吉、母ゲンの長男として誕生。三十四年一月、父死去。三十五年一月、母死去。明治三十九年四月、大阪府三島郡豊川尋常高等小学校に入学。四十五年三月、尋常科六年卒。四月、大阪府立茨木中学校に入学。

大正六年（一九一七）　十八歳

三月、茨木中学校卒、直ちに上京。九月、第一高等学校文科乙類に入学。九年七月、第一高等学校卒、同月、東京帝国大学文学部英文学科に入学。十一年六月、国文学科に転科。十三年三月、東京帝国大学国文学科卒。十月、同人雑誌《文芸時代》を創刊。

三島由紀夫

大正十四年（一九二五）

一月十四日、東京市四谷区（現新宿区）永住町二に、父平岡梓、母倭文重《しずえ》の長男として誕生。本名、平岡公威。昭和六年四月、学習院初等科に入学。

大正十五年・昭和元年（一九二六）　二十七歳
この年より、菅忠雄の家で知り合った松林秀子との生活が始まる。二年三月『伊豆の踊子』（金星堂）。十年一月、芥川賞選考委員に就任。十二年六月『雪国』（創元社）。十九年四月、「故園」「夕日」などにより、戦前最後の菊池寛賞（第六回）受賞。

昭和十二年（一九三七）　十二歳
三月、学習院初等科卒。四月、学習院中等科に進学。七月、「初等科時代の思ひ出」が学習院《輔仁会雑誌《ほじんかいざっし》》に掲載され、以後同誌に詩歌、小説、戯曲などを発表。

昭和十六年（一九四一）　十六歳
九月「花ざかりの森」（《文芸文化》、十二月完結）。ペンネームの三島由紀夫をこの時から用いる。十七年三月、学習院中等科卒。四月、学習院高等科文科乙類（ドイツ語）に進学。

昭和十九年（一九四四）　十九歳
九月、学習院高等科卒。十月、東京帝国大学法学部法律学科（独法）に推薦入学。同月、処女小説集『花ざかりの森』（七丈書院）。

昭和二十年（一九四五）　四十六歳

五月、久米正雄、小林秀雄、高見順ら鎌倉在住の作家とともに、鎌倉八幡通りで貸本屋鎌倉文庫を開く。九月、出版社鎌倉文庫設立。同月、木村徳三を京都の養徳社から鎌倉文庫に引き抜く。

昭和二十一年（一九四六）　四十七歳

一月、三島由紀夫の訪問を受ける。鎌倉文庫より《人間》（木村徳三編集長）を創刊。四月『日雀』（新紀元社）。『夕映少女』（丹頂書房）。七月『温泉宿』（実業之日本社）。十月、鎌倉の二階堂から長谷に転居。

昭和二十二年（一九四七）　四十八歳

前年に引き続き鎌倉文庫の仕事に従事。五月末から六月十日まで、鎌倉文庫の北海道支社に出張。この頃より、古美術への関心が高まる。九月『虹』（四季書房）。

二十歳

二月、入隊検査の際、軍医の誤診により即日帰郷。五月、勤労動員で、神奈川県海軍高座工廠《こうしょう》の寮に入る。

二十一歳

一月、川端康成を初めて訪ねる。六月、氏の推薦で「煙草《たばこ》」を《人間》に発表し文壇に登場。

二十二歳

一月、川端康成宅へ年賀（以降、例年）。十一月『岬にての物語』（桜井書店）、東京大学法学部法律学科卒。十二月、高等文官試験行政科に合格、大蔵省事務官に任命され、銀行局国民貯蓄課に勤務。

昭和二十三年（一九四八）　四十九歳

一月『一草一花』（青龍社）。五月『川端康成全集』全十六巻（新潮社、二十九年四月完結）。六月、日本ペンクラブ第四代会長に選出（昭和四十年十月まで在任）。十二月『雪国』完結版（創元社）。

昭和二十四年（一九四九）　五十歳

一月『夜のさいころ』（トッパン）。この年、「千羽鶴」（五月から）、「山の音」（九月から）の連作分載が始まった。十二月『哀愁』（細川書店）。

昭和二十五年（一九五〇）　五十一歳

四月、ペンクラブ会員二十三名とともに広島、長崎を視察。広島での「世界平和と文芸講演会」で「平和宣言」を読む。エジンバラのペンクラブ世界大会（八月十五日から十日間）に代表を送るための募金を訴える文章を書いた。この年、鎌倉文庫が倒産。

昭和二十六年（一九五一）　五十二歳

九月、大蔵省を退職。十一月『盗賊』（真光社）。十二月『夜の仕度』（鎌倉文庫）。　二十三歳

七月『仮面の告白』、八月『魔群の通過』（ともに河出書房）。　二十四歳

五月『燈台』（作品社）。六月『愛の渇き』（新潮社）、『怪物』（改造社）。八月、目黒区緑ケ丘二三二三番地に転居。十二月『純白の夜』（中央公論社）、『青の時代』（新潮社）。　二十五歳

二十六歳

七月『舞姫』（朝日新聞社）。

昭和二十七年（一九五二）　五十三歳

二月『千羽鶴』（筑摩書房）。これにより二十六年度芸術院賞受賞。

昭和二十八年（一九五三）　五十四歳

二月『再婚者』（三笠書房）。五月『日も月も』（中央公論社）。夏、戦後初めて軽井沢に行き、十日ほど滞在した。十一月十三日、永井荷風、小川未明とともに芸術院会員に選出。

昭和二十九年（一九五四）　五十五歳

一月『川のある下町の話』（新潮社）。三月、新設された新潮社文学賞の審査委員に就任。

四月『聖女』（目黒書店）。六月『狩と獲物』（要書房）。七月『遠乗会』（新潮社）。八月『花ざかりの森』（雲井書店）。十一月『禁色』第一部（新潮社）。十二月『夏子の冒険』（朝日新聞社）。十二月、朝日新聞特別通信員の資格で、船による世界一周旅行に出発。

二十七歳

五月、帰国。十月『アポロの杯』（朝日新聞社）。

二十八歳

二月『真夏の死』（創元社）。三月『にっぽん製』（朝日新聞社）。六月『夜の向日葵《ひまわり》』（講談社）。七月『三島由紀夫作品集』全六巻（新潮社、翌年四月完結）。九月『秘楽』（「禁色」第二部。新潮社）。十月『綾《あや》の鼓《つづみ》』（未来社）。

二十九歳

六月『潮騒《しおさい》』、九月『恋の都』、十月『鍵《かぎ》のかかる部屋』、十一月『若人よ蘇《よみがえ》れ』（いずれも

新潮社)、『文学的人生論』(河出書房)。十二月、『潮騒』により第一回新潮社文学賞受賞。

昭和三十年(一九五五) 三十歳

四月『沈める滝』(中央公論社)。六月『女神』(文芸春秋新社)。七月『ラディゲの死』(新潮社)。十一月『小説家の休暇』(講談社)。十二月、「白蟻《しろあり》の巣」により第二回岸田演劇賞受賞。この年より、ボディ・ビルの練習を開始。

昭和三十一年(一九五六) 三十一歳

一月『幸福号出帆』『白蟻の巣』(ともに新潮社)。四月『近代能楽集』(新潮社)。六月『詩を書く少年』(角川書店)。十月『金閣寺』(新潮社)、『亀は兎に追ひつくか?』(村山書店)。十二月『永すぎた春』(講談社)。

昭和三十二年(一九五七) 三十二歳

四月『山の音』(筑摩書房)。七月『呉清源棋談・名人』(文芸春秋新社)。八月『童謡』(東方社)。十月『伊豆の旅』(中央公論社)。十二月、『山の音』により第七回野間文芸賞受賞。

昭和三十年(一九五五) 五十六歳

一月『東京の人』全四冊(新潮社、十二月完結)。四月『みづうみ』(新潮社)。

昭和三十一年(一九五六) 五十七歳

一月『川端康成選集』全十巻(新潮社、十一月完結)。十月『女であること㈠』(新潮社、㈡は翌年二月刊)。この年から毎年続いて作品の海外翻訳が多く出る。

昭和三十二年(一九五七) 五十八歳

三月、国際ペンクラブ執行委員会出席のため、松岡洋子とともに渡欧、モーリアック、エリオットらに会った。五月帰国。九月二日、第二十九回国際ペンクラブ東京大会を開会、八日京都での閉会式まで、主催国の会長として尽力。

昭和三十三年（一九五八）　五十九歳

二月、国際ペンクラブ副会長に選出。三月、「国際ペン大会日本開催への努力と功績」により、戦後復活第六回の菊池寛賞受賞。四月『富士の初雪』（新潮社）。十一月、胆石のため東大病院木本外科に入院。

昭和三十四年（一九五九）　六十歳

五月、フランクフルトの国際ペンクラブ大会で、ゲーテ・メダルを贈られた。七月『風のある道』（角川書店）。十一月『川端康成全

一月、「金閣寺」により第八回読売文学賞受賞。三月『鹿鳴館《ろくめいかん》』（東京創元社）。四月、「ブリタニキュス」により第九回毎日演劇賞受賞。六月『美徳のよろめき』（講談社）。七月、クノップ社の招きで渡米、西インド諸島、メキシコ等を回り、翌年一月帰国。十一月『三島由紀夫選集』全十九巻（新潮社、三十四年七月完結）。

三十三歳

一月『橋づくし』（文芸春秋新社）。五月『旅の絵本』（講談社）、『薔薇《ばら》と海賊』（新潮社）。六月、川端康成夫妻の媒酌により、画家杉山寧の長女・瑤子と結婚。十二月、「薔薇と海賊」により週刊読売新劇賞受賞。この年より、剣道の練習を開始。

三十四歳

三月『不道徳教育講座』（中央公論社）。五月、大田区馬込に家を新築して転居。六月、長女・紀子誕生。六月『文章読本』（中央公論

集』全十二巻（新潮社、三十七年八月完結）。この年、永い作家生活の中で初めて小説の発表が一篇もなかった。

昭和三十五年（一九六〇）　六十一歳

五月、アメリカ国務省の招きで渡米。続けて七月に、ブラジルのサンパウロで開催された国際ペンクラブ大会に、ゲスト・オブ・オナーとして出席し、八月帰国。この年、フランス政府から芸術文化オフィシエ勲章を贈られた。

昭和三十六年（一九六一）　六十二歳

「古都」「美しさと哀《かな》しみと」取材と執筆のため、京都市左京区下鴨に家を借りた。十一月、第二十一回文化勲章受章。十一月『眠れる美女』（新潮社）。

昭和三十七年（一九六二）　六十三歳

二月、睡眠薬の禁断症状を起こして東大病院に入院、十日ほど意識不明状態が続いた。六月『古都』（新潮社）。十月、世界平和アピー

社）。九月『鏡子の家』第一部・第二部、十一月『裸体と衣裳《いしょう》』（ともに新潮社）。

三十五歳

二月『続不道徳教育講座』（中央公論社）。三月、大映映画「からっ風野郎」に主演。十一月『宴《うたげ》のあと』（新潮社）、『お嬢さん』（講談社）。十一月より翌年一月にかけて、夫人とともに世界一周旅行。

三十六歳

一月『スタア』（新潮社）。三月、「宴のあと」がモデル問題を起し、元外相有田八郎よりプライバシー侵害で提訴される。九月『獣の戯《たわむ》れ』（新潮社）。十一月『美の襲撃』（講談社）。

三十七歳

二月、「十日の菊」により第十三回読売文学賞（戯曲部門）受賞。三月『三島由紀夫戯曲全集』（新潮社）。五月、長男・威一郎誕生。

ル七人委員会に参加。十一月、『眠れる美女』により第十六回毎日出版文化賞受賞。

昭和三十八年（一九六三）　六十四歳

四月、財団法人日本近代文学館が発足、監事に就任。

昭和三十九年（一九六四）　六十五歳

六月、オスローで開催された国際ペンクラブ大会に、ゲスト・オブ・オナーとして出席、帰途、ヨーロッパ各地を回って八月帰国。

十月『美しい星』（新潮社）。

三十八歳

一月『愛の疾走』（講談社）。三月『薔薇刑』（集英社、自らモデルとなった細江英公写真集）。八月『林房雄論』（新潮社）。九月『午後の曳航《えいこう》』（講談社）。十一月、文学座のための戯曲「喜びの琴」が、座内の反対で上演中止となり、文学座を脱退。十二月『剣』（講談社）。

三十九歳

二月『肉体の学校』（集英社）、『三島由紀夫短篇全集』『喜びの琴 附・美濃子』（ともに新潮社）。四月『私の遍歴時代』（講談社）。六月、アメリカへ旅行。九月、「宴のあと」裁判で敗訴し、控訴する。十月『絹と明察』（講談社）。十一月、『絹と明察』により、第六回毎日芸術賞（文学部門）受賞。十二月『第一の性――男性研究講座』（集英社）。

昭和四十年（一九六五）　六十六歳

二月『美しさと哀しみと』（中央公論社）。四月、連続テレビ小説「たまゆら」が書下ろし原稿によってＮＨＫから放送された。十月『片腕』（新潮社）。同月、日本ペンクラブ会長を辞任。

昭和四十一年（一九六六）　六十七歳

一月より三月まで肝臓炎のため東大病院に入院。五月『落花流水』（新潮社）。

四十歳

二月『音楽』（中央公論社）。三月『三島由紀夫短篇全集』全六巻（講談社、八月完結）。同月イギリス文化振興会の招きでイギリス旅行。四月、自作自演の映画「憂国」が完成。七月『三熊野詣』（新潮社）。八月『目――ある芸術断想』（集英社）。九月から十月にかけて、夫人とともにアメリカ、ヨーロッパ、東南アジア各地を旅行。十一月『サド侯爵《こうしゃく》夫人』（河出書房新社）。

四十一歳

一月、「サド侯爵夫人」により第二十回芸術祭賞（演劇部門）受賞。三月『反貞女大学』（新潮社）。四月、映画版『憂国』（新潮社）。六月『英霊の声』（河出書房新社）。七月、芥川賞選考委員になる。八月『複雑な彼』（集英社）、『三島由紀夫評論全集』（新潮社）。九月『聖セバスチァンの殉教』（池田弘太郎共訳、美術出版社）。十月『対話・日本人論』

昭和四十二年（一九六七）　六十八歳

二月、中国文化大革命に対する学問芸術の自由擁護のためのアピールを、安部公房、石川淳、三島由紀夫とともに出す。四月、日本近代文学館が開館、同館名誉顧問となる。七月、養女麻紗子（政子）の結婚、入籍（八月、モスクワの日本大使館で結婚式を挙げた）。

昭和四十三年（一九六八）　六十九歳

二月、「非核武装に関する国会議員達への請願」に署名。六月、日本文化会議に参加。七月、参議院選に立候補した今東光の選挙事務長を務め、東京、京都などで街頭演説にも従った。十月十七日、文学部門で日本人として初のノーベル賞が決定。十二月十日、ストックホルムの授賞式に臨み、十二日には、スウ

（林房雄との対談、番町書房）。十一月、「宴のあと」問題で、有田家との間に和解成立。

四十二歳

三月『荒野より』（中央公論社）。四月、久留米陸上自衛隊幹部候補生学校、富士学校教導連隊、習志野空挺団に体験入隊。九月『葉隠入門』（光文社）、『夜会服』（集英社）。十月『朱《す》雀家《ざくけ》の滅亡』（河出書房新社）。十二月、航空自衛隊百里基地よりＦ１０４超音速戦闘機に初めて試乗。十二月『三島由紀夫長篇全集』全二巻（新潮社、翌年二月完結）。

四十三歳

二月、祖国防衛隊員とともに、陸上自衛隊富士学校滝ヶ原分屯地に体験入隊（七月、再入隊）。四月『対談・人間と文学』（中村光夫との対談、講談社）。七月『三島由紀夫レター教室』（新潮社）。十月五日、「楯《たて》の会」を結成。十月十七日、川端康成のノーベル文学賞受賞に際し、祝辞「長寿の芸術の花を――川

エーデン・アカデミーで記念講演「美しい日本の私――その序説」を行なった。

昭和四十四年（一九六九）　七十歳

一月、ノーベル賞受賞後のヨーロッパ旅行から帰国。三月、日本文学の特別講義を行なうためにハワイへ赴き、六月まで滞在。旅行中に、アメリカ芸術文芸アカデミーの名誉会員に、ソルジェニーツィンらとともに選出。三月『美しい日本の私――その序説』（講談社）。四月『川端康成全集』全十九巻（新潮社、四十九年三月完結）。四月から六月にわたって、ノーベル賞受賞記念「川端康成展」が各地で開催され、そのため一時帰国。五月、ハワイ大学で「美の存在と発見」の特別講義。六月、ハワイ大学の名誉文学博士号を贈られた。七月、ロンドン日本大使館別館で「川端康成展」開催。七月『美の存在と発見』（毎日新聞社）。この年は小説の発表がなかった。

端氏の受賞によせて」を執筆。十月『太陽と鉄』（講談社）。十二月『命売ります』（集英社）、『わが友ヒットラー』（新潮社）。

四十四歳

一月『春の雪』、二月『奔馬』、四月『文化防衛論』（いずれも新潮社）。五月『黒蜥蜴《くろとかげ》』（牧羊社）。六月『癩王《らいおう》のテラス』（中央公論社）、『討論 三島由紀夫vs.東大全共闘』（新潮社）。七月『若きサムライのために』（日本教文社）。十一月三日、「楯の会」結成一周年記念パレードを、国立劇場屋上で挙行。

昭和四十五年（一九七〇）　七十一歳

六月、台北で開催されたアジア作家会議に出席して講演。続いてソウルで開催された国際ペンクラブ大会に、ゲスト・オブ・オナーとして出席。七月、漢陽大学から名誉文学博士号を贈られて、「以文会友」の記念講演を行なう。十一月二十五日、三島由紀夫の割腹自殺事件。

昭和四十六年（一九七一）　七十二歳

一月二十四日、築地本願寺に於ける三島由紀夫葬儀の葬儀委員長を務めた。東京都知事選挙（三月十七日告示、四月十一日投票）に立った秦野章の応援を三月二十二日になって引き受け、街頭演説にも回った。この応援活動

四十五歳

三月『三島由紀夫文学論集』（講談社）。七月『暁の寺』（新潮社）。九月、対談集『尚武のこころ』（日本教文社）。十月『行動学入門』（文芸春秋）、対談集『源泉の感情』（河出書房新社）、『作家論』（中央公論社）。十一月、東京池袋東武百貨店で十一日より一週間「三島由紀夫展」を開催。二十五日、「楯の会」メンバーとともに陸上自衛隊市ヶ谷駐屯地東部方面総監室にて自決。辞世の二首、「益荒男がたばさむ太刀の鞘鳴りに幾とせ耐へて今日の初霜」「散るをいとふ世にも人にもさきがけて散るこそ花と吹く小夜嵐」

昭和四十六年

一月二十四日、築地本願寺にて葬儀を行なう。葬儀委員長は川端康成。一月『三島由紀夫短篇全集』全六巻（講談社、五月完結）。二月『天人五衰』、五月『蘭陵王《らんりょうおう》』（ともに新潮社）。

に対しては、一銭も報酬を受けず、ホテル代等すべて自分で支払った。四月十六日、ノーベル財団専務理事来日し、ともに京都へ行く。十七日、京都で世界平和アピール七人委員会の会合。五月、「川端康成書の個展」を日本橋壺中居《こちゅうきょ》で開催。体調思わしくなく、一夏を鎌倉で過ごす。九月、世界平和アピール七人委員会より日中国交回復の要望書を、さらに十二月には四次防反対の声明を出した。十月二十五日、立野信之の臨終に会い、日本学研究国際会議のための準備、運動を託される。このため年末より募金活動等で奔走、著しく健康を損ねる。十二月、日本近代文学館の名誉館長に就任。

昭和四十七年（一九七二）

一月五日、文芸春秋の創立五十周年にあたり新年の社員顔合せの会に出席、講演を行なった。一月十八日、世界平和アピール七人委員会出席。二月、従兄の秋岡義愛の葬儀に出るため夫婦で大阪へ行く。以後健康がすぐれず、三月八日、盲腸炎のため入院手術、十七日退院。四月十六日夜、逗子マリーナ・マンションの仕事場でガス自殺を遂げた。十八日、長谷の自宅で密葬。五月二十七日、日本ペンクラブ、日本文芸家協会、日本近代文学館の三団体葬が、葬儀委員長芹沢光治良のもとに青山斎場で行なわれた。九月、『ある人の生のなかに』(河出書房新社)、『たんぽぽ』(新潮社)。四十八年一月『竹の声桃の花』(新潮社)、『日本の美のこころ』(講談社)。

この作品は一九九七年十二月新潮社より刊行された。

川端康成《かわばたやすなり》・三島由紀夫《みしまゆきお》　往復書簡《おうふくしよかん》

新潮文庫　か－1－21

平成十二年十一月一日発行
令和四年十一月二十日六刷

著者　川《かわ》端《ばた》康《やす》成《なり》
三《み》島《しま》由《ゆ》紀《き》夫《お》

発行者　佐藤隆信

発行所　株式会社 新潮社

郵便番号　一六二―八七一一
東京都新宿区矢来町七一
電話 編集部(〇三)三二六六―五四四〇
読者係(〇三)三二六六―五一一一
https://www.shinchosha.co.jp

価格はカバーに表示してあります。

乱丁・落丁本は、ご面倒ですが小社読者係宛ご送付ください。送料小社負担にてお取替えいたします。

印刷・大日本印刷株式会社　製本・株式会社植木製本所

ISBN978-4-10-100126-5　C0195